GW00673125

L'ENFER, C'EST À QUEL ÉTAGE ?

SERGE BRUSSOLO

L'Enfer,
c'est à quel étage ?

ÉDITIONS DU MASQUE

Note de l'auteur

Ce roman est paru en 1986, aux éditions Fleuve Noir, sous le titre Catacombes. *La présente édition rétablit le texte dans l'intégralité de sa version originelle et sous le titre initialement prévu par l'auteur.*

Médianoche

Les tigres vont et viennent. Chaque fois que leur queue fouette les barreaux, une note sourde et vibrante s'élève dans la nuit. Le jardin zoologique est désert, mais, de cage en cage, la nouvelle s'est répandue, éveillant les bêtes prisonnières qui gémissent en se pelotonnant les unes contre les autres. Déjà, les singes ne forment plus qu'une masse velue, frissonnante. Les oiseaux se cachent la tête sous l'aile ; seuls les charognards se dandinent encore sur leur branche en claquant du bec.

Quelque chose est tombé du ciel. Une proie, un gibier.

C'est inhabituel. *Rien ne vient jamais d'en haut.*

Les fauves s'énervent. L'objet s'est empalé à la pointe des barreaux. Maintenant le sang coule le long des tiges de fer rouillées. Les tigres se battent pour le lécher. Ils grognent, montrent les crocs, s'envoient des coups de patte.

Les gardiens ne se sont rendu compte de rien. Ils sont loin, claquemurés dans le poste de garde, à siroter des grogs au vin chaud. On est en novembre, il fait froid. La fourrure des animaux a commencé à s'épaissir en prévision de la mauvaise saison.

L'un des tigres de Malaisie s'est dressé sur ses pattes postérieures pour tenter d'agripper la chose si tentante accrochée au sommet de la grille. C'est un vieux mâle craint des employés. Il a l'habitude d'essayer de happer les visiteurs imprudents qui, en dépit des avertissements, s'approchent trop près des cages.

Il veut sa part du gibier pendu là-haut.

La horde gronde derrière lui.

Dans une minute, ce sera la curée.

Extrait d'un article signé Octave-Valentin des Préaux paru dans la revue hebdomadaire *Frissons d'Aujourd'hui* sous le titre *L'hôtel des maléfices*.

Décembre 1935.

La baleine, au fond de l'impasse

La maison avait la blancheur d'une falaise crayeuse frappée par le soleil. Elle s'élevait au bout du passage Verneuve telle la bouffissure d'une énorme meringue.

« J'ai dû me tromper d'adresse, pensa Jeanne. Il ne peut pas s'agir d'un immeuble, on dirait une église dessinée par un malade mental... ou par un chimpanzé. »

Le champignon de pierre avait germé en grappes successives. De loin, on avait l'illusion qu'un chou-fleur colossal obstruait le fond de la ruelle.

Un chou-fleur... *ou un cerveau.*

La chose grouillait d'un mouvement figé, une vibration de lignes ondulant sous une brume de chaleur. Aucune rectitude n'ordonnait la façade. La notion d'angle droit semblait inconnue. La maison n'était pas érigée, dressée, non... Elle évoquait plutôt un amoncellement, une syncope architecturale.

Lorsqu'elle se fut avancée d'une dizaine de mètres, Jeanne eut conscience qu'elle avait été victime d'une illusion d'optique. La sensation de grouillement provenait d'une surcharge décorative baroque. Des centaines de petites sculptures couraient dans l'encadrement des fenêtres, composant une végétation dont les ramifications colonisaient la façade. On avait multiplié les feuilles trilobées, les grappes, les fruits, entrecroisant les motifs jusqu'au vertige.

« Ça ressemble, pensa Jeanne, à ces bâtisses oubliées au fond des jungles sud-américaines, et que la forêt digère lentement. L'Opéra de Manaus, ou un truc de ce genre... »

L'hôtel particulier de la famille Van Karkersh avait quelque chose d'une épave trouant le varech. C'était un cadavre creux et sonore recouvert de limon. Le faible rayon de soleil frappant la construction irradiait une lumière aveuglante, l'enveloppant d'une auréole douloureuse qui vous faisait reculer, la main levée en visière, les paupières plissées.

Le fronton carré de la façade bouchait la rue, tel le mufle d'un cétacé échoué au fond d'un couloir. Après cent mètres de pavés disjoints, on butait sur cette gueule lippue.

« Une baleine crevée, songea encore Jeanne, une grosse tête incrustée de moules, de coraux... »

Oui, une baleine albinos, crêtée de chancres marins, et qui transformait la rue en cul-de-sac !

La jeune femme s'ébroua. La lumière irritait ses nerfs optiques fatigués par de trop longues heures de veille. Une onde de souffrance se répercuta à l'intérieur de son crâne tel un avertissement. Elle leva la main pour chercher une sonnette, un heurtoir, elle ne trouva qu'une porte entrebâillée sur un interminable hall.

Jeanne hésita. Elle pouvait faire demi-tour. Rien n'était joué. Elle n'avait pas encore posé le pied sur la scène. Si elle reculait, une autre candidate prendrait sa place... Une inconnue endosserait le rôle qui l'attendait ici. Elle en serait quitte pour la peur.

Elle tressaillit, frappée par l'incohérence de ses pensées. *Qu'allait-elle chercher là ?* Au pire — en admettant qu'elle fût sélectionnée ! — elle passerait trois heures par jour à la maison Van Karkersh. Il n'y avait pas là de quoi s'effrayer. Elle avait faim. Son dernier repas remontait à l'avant-veille, déjà, et elle était sujette à des éblouissements qui la laissaient haletante, cramponnée à un panneau de signalisation. Il fallait qu'elle mange, sinon elle finirait dans la salle commune d'un hôpital, une assistante sociale enracinée au pied de son lit. De cela, elle ne voulait à aucun prix.

Elle demeura pourtant en équilibre au seuil du bâtiment. Oscillant au bord d'un gouffre imaginaire. Un courant d'air provenant du fond du hall paraissait tout à la fois l'aspirer et la repousser.

Incapable de se décider, elle resta immobile sous l'arc de la porte cochère. Levant le nez, elle vit la voûte, avec ses grappes de fruits, ses pommes de stuc, sa végétation plâtreuse aux allures de stalactites.

Elle eut soudain peur qu'une des décorations se détache pour lui fracasser le crâne, là, sur le perron.

D'un bond elle fut dans le hall ; elle avait franchi la frontière.

La même blancheur l'assaillit. Le pavage de marbre, bien que lézardé, n'avait rien perdu de sa brillance de patinoire.

Jeanne se figea, fixant le bout de ses chaussures. Les dalles semblaient avoir été prélevées sur une banquise. La pénombre leur conférait un reflet bleuté... Une profondeur trouble, analogue à celle d'un lac gelé. Les parois et la voûte du hall formaient un tunnel creusé dans une congère.

« Je déraille complètement, se dit la jeune femme. C'est la faim. Si ça continue je vais finir par prendre mon sac à main pour un hot-dog. »

Une fenêtre en ogive, pourvue d'un vitrail bleu, s'ouvrait sur la cour intérieure, mais les parois du hall constituaient une telle surface de réflexion que la faible luminosité provenant de l'ouverture s'en trouvait décuplée.

Jeanne se rappela les labyrinthes des pyramides égyptiennes, aux angles savamment conçus pour refléter à plusieurs centaines de mètres sous terre l'éclatant soleil du désert. Elle frissonna.

Le premier instant de stupeur passé, elle oublia l'étrangeté du décor pour s'attacher aux signes de délabrement. D'abord les dalles, fendues, aux coins émiettés... parfois branlantes. Et les taches d'humidité sur les murs, la voûte, les lézardes, enfin, craquelant plâtre et peinture.

Deux rangées de colonnes supportaient la voûte. Jeanne nota la présence d'une multitude de statues. On les avait disposées (entassées ?) dans l'intervalle des colonnades, sans se soucier de les présenter sous leur meilleur angle. Certaines, plantées face au mur, semblaient en pénitence. C'étaient des sculptures académiques ; de celles qui peuplent les squares et les bâtiments officiels. Des choses raides, sans grâce. Des dieux grecs, des déesses, des allégories. Justice, Amour maternel, tout le tintouin... Une foule paralysée, qui ne suscitait nullement l'admiration.

« De la statuaire de série, pensa Jeanne, celle qui, dans les jardins publics, finit toujours le zizi peint en rouge ! »

Elle fit un pas. Son talon sonna sur une dalle branlante, éveillant un écho gênant sous la voûte.

« Merde, se dit la jeune femme, c'est comme si j'avais shooté dans un bidon vide. »

Une porte grillagée s'ouvrit sur sa droite, révélant une loge minuscule et noire.

Un vieil homme en blouse de manutentionnaire s'avança.

« Il a l'air de sortir d'un film en noir et blanc d'avant-guerre, pensa Jeanne. Qui s'habille encore comme ça aujourd'hui ? »

L'homme avait un visage émacié ; la peau de ses pommettes luisait, tendue sur l'os malaire. Ivoirine.

Jeanne le jugea très vieux, voire sans âge. Malgré cela il avait encore assez de cheveux pour les couper en brosse. Il portait des gants blancs de maître d'hôtel qui contrastaient furieusement avec sa blouse d'instituteur de la Troisième République.

— Vous désirez ? caqueta-t-il d'une voix ensommeillée.

Jeanne tira le journal de son sac avachi.

— C'est pour l'annonce ! fit-elle précipitamment. Le sculpteur qui cherche des modèles.

— M. Ivany ? Deuxième étage droite. Ne prenez pas l'ascenseur. Vous êtes jeune. L'ascenseur, c'est pour les vieux.

— Ah ! Bon.

— Oui ; de toute manière, il est cassé. Si vous restiez coincée entre deux étages, vous pourriez bien crier une heure avant que je ne me dérange. Je suis un peu sourd.

— D'accord, capitula Jeanne en rengainant le quotidien froissé.

— Vous verrez, lança une dernière fois le concierge, l'escalier est très bien. Très bien.

La jeune femme se mit en marche. Le regard de l'étrange bonhomme restait cloué entre ses épaules, telle une fléchette égarée, ou le dard d'une guêpe.

Enfin la porte de la loge se referma dans un crissement de grille de square. Jeanne ralentit.

Le hall n'était pas l'un de ces endroits où l'on peut courir. Elle le pressentait. Chaque bruit s'y amplifiait de façon imprévisible, au hasard des dalles creuses. On y avançait comme dans un couloir

16

d'avalanche, à petits pas, en chuchotant. Pousser un cri aurait sûrement provoqué l'effondrement immédiat des colonnades et la dislocation de la voûte déjà lézardée.

Jeanne pouffa.

« Je deviens *totally* hystéro, pensa-t-elle. Mon futur patron va me prendre pour une camée. »

Elle avait les paumes moites. Elle se demanda avec inquiétude si, tout à l'heure, à l'instant décisif, elle n'allait pas empester la transpiration.

Elle contempla l'ascenseur et s'engagea dans l'escalier. Le tapis élimé, mal tendu, pochait sous ses semelles. Elle fit une pause sur le palier pour s'examiner dans la glace.

Grande, rousse, elle avait un visage aux pommettes accusées et à la bouche charnue. La fatigue soulignait ses yeux de cernes mauves. Ses cheveux bouclés moutonnaient sur ses épaules.

« Pas trop mal pour ton âge, se dit-elle. Pas vraiment belle, mais un genre, tout de même. En tout cas, pas commune. »

Son estomac gargouilla. Elle soupira.

— Je dois avoir mauvaise haleine, fit-elle à mi-voix. De toute manière il n'aimera sûrement pas les rousses. J'aurais dû me teindre.

Elle y avait pensé mais avait dû renoncer, faute d'argent pour le shampooing colorant, foutûment trop cher.

Elle monta un autre étage, le cœur dans la gorge.

Au fur et à mesure qu'elle s'élevait à l'intérieur de la cage d'escalier, l'immeuble perdait son caractère d'étrangeté. Ici il n'y avait plus que des tapis, des boutons de sonnette, des judas, de très prosaïques cadres « antipinces » destinés à décourager les cambrioleurs. Ça sentait l'encaustique. Une bonne odeur, rassurante en diable.

Elle entraperçut la brillance fugitive d'une plaque de cuivre : *Juvia Kozac. Kinésithérapeute.* Puis, de l'autre côté du palier, une carte de visite fixée à l'aide d'une simple punaise : *Mathias Grégori Ivany. Sculpteur.*

Elle emplit ses poumons d'un air assaisonné à la cire d'abeille et sonna.

Au bout d'un temps infini, le battant s'ouvrit. Un homme de haute taille et de forte corpulence, à la barbe grise, apparut. Il avait le front proéminent et dégarni, mais le reste de sa chevelure formait une crinière hirsute croulant sur ses épaules.

« Belle gueule de statue, pensa Jeanne. Voilà un bonhomme qui aurait plu au père Rodin. Une espèce de satyre mâtiné de Bacchus, avec un zeste de bourgeois de Calais dans les mains trop grandes... »

— Je vous préviens tout de suite, attaqua-t-elle, je suis rousse, trop maigre et trop âgée pour faire un bon modèle. Excusez-moi de vous avoir fait perdre votre temps.

Elle fit un mouvement pour tourner les talons. La main de l'homme se posa sur son épaule.

— Qu'est-ce que vous racontez ? dit-il d'une voix sourde.

— C'est vrai, bredouilla-t-elle, certains hommes

18

n'aiment pas l'odeur des rousses... Et puis on voit mes côtes. Et j'ai des rides, là, au coin des yeux.

— Vous êtes si vieille ?

— Trente ans. Aujourd'hui on est vieille de plus en plus jeune. Mes seins doivent commencer à tomber, non ?

— Si vous le dites !... Allez, entrez.

Elle se laissa traîner dans un appartement-capharnaüm encombré de cuvettes de plâtre, de moulages, de rouleaux de fil de fer. Des mottes de glaise juchées sur des sellettes attendaient le bon vouloir de l'artiste, récifs mous échoués sous des linges humides.

Une grande glace lui renvoya son image en pied. Elle se trouva « à vomir » avec sa robe d'été bon marché, trop étroite, et dont le boutonnage bâillait sur des échappées de chair nue.

— Trente ans, reprit-elle, c'est trop vieux... Modèle, c'est un job de gamine, non ?

Ivany rit poliment. Il avait refermé la porte à double battant. C'était un homme d'une cinquantaine d'années, massif, aux gestes lents mais assurés.

« Il bouge comme un paquebot, songea Jeanne. Une muraille qui glisse sur l'eau... Il aurait pu servir de modèle du temps du Réalisme socialiste. On en aurait fait un fondeur au travail. Un maçon. »

Ivany avait une bouche gourmande, très rouge.

— Ça vous obsède, la jeunesse ? dit-il d'un ton calme, mais vous vous trompez. Je ne produis pas de « page centrale couleurs » pour magazines sexy.

Jeanne soupira. Elle fut sur le point de lui avouer qu'elle aurait même accepté cela... *Si on le lui avait proposé,* bien sûr.

Ivany lui désigna un siège saupoudré de plâtre.

— Trouvez-vous une place dans ce bordel, fit-il distraitement, et parlez-moi un peu de vous pendant que je fais du café. Vous n'avez jamais posé, n'est-ce pas ?

Elle se laissa tomber sur le tabouret sans cesser de s'observer dans le miroir.

« Oh ! Et mes genoux ! gémit-elle mentalement. *Ils sont cagneux...* Je suis folle d'être venue ici. »

Elle émit un gloussement de collégienne cha-touillée, qui la fit rougir.

— Non, avoua-t-elle, j'ai été prof de français. Et puis j'ai laissé tomber. Je voulais écrire. J'ai fait deux romans. Pas mal de fric avec le premier, mais j'ai tout claqué. Une vraie cigale. Le second a été un bide total, l'éditeur m'a virée... Ensuite j'ai tra-vaillé comme lectrice dans une édition à compte d'auteur, ça consistait à écrire des fiches fabuleuses sur des manuscrits idiots. L'éditeur s'en servait pour convaincre l'auteur de signer un contrat relevant de l'escroquerie. Et puis... et puis...

— Le trou ?

— L'abîme. Vendeuse. Démonstratrice en gadgets idiots. Femme de ménage... J'ai vu l'annonce. Enfin, les annonces...

Elle rougit une fois de plus. Elle songea à tous les libellés épluchés de la pointe du crayon. La plupart ne dissimulaient même pas leur caractère pornographique.

— Seule la vôtre m'a paru « normale », conclut-elle. Excusez-moi.

Ivany sourit.

— Pas de quoi. Vous avez raison. Les vrais artistes ne recrutent pas par petites annonces, ils s'adressent à des agences. Si je suis passé par la presse, c'est en raison du caractère particulier du travail qu'on m'a commandé.

Il servit le café dans des tasses dépareillées. L'une très belle, Limoges pur XVIIe, l'autre hideuse, authentique *Prisunic* fin des années 60.

« Il n'a pas l'air d'un malade », pensa Jeanne. Mais, à vrai dire, elle n'avait jamais côtoyé de maniaque sexuel.

Elle se remémora les confidences de Francine, une fille avec qui elle avait travaillé à l'hypermarché et qui, de son propre aveu, lui avait confié qu'elle arrondissait ses fins de mois en « taillant des pipes » sur les parkings, les soirs de nocturnes. Si Ivany la renvoyait, il ne lui resterait plus que la solution de la prostitution occasionnelle. Beaucoup y succombaient, par désespoir.

Une sueur glacée la recouvrit. Elle s'injuria mentalement : « Idiote ! Tu vas puer ! »

— Écoutez, attaqua le sculpteur, j'ai un contrat avec un consortium de prêt-à-porter japonais. Ils m'ont commandé des mannequins hyperréalistes qu'ils colleront dans leurs rayons de lingerie fine. Ils veulent du réel, pas de la plastique stéréotypée de bimbo siliconée. Il faut que les gens y croient, vous pigez ?

Jeanne hocha la tête.

— Oui. Vous voulez des corps... *imparfaits*.

— Disons *naturels*. On s'est rendu compte que la plastique exemplaire des top-modèles décourageait les acheteuses. La femme de la rue finissait par se dire...

— « Sur-elles-c'est-formidable-mais-sur-moi-ça-ne-vaudra-rien ! »

— Ah ! s'étonna Ivany, vous connaissez ? Alors vous avez compris le principe. Il me faut des filles ni trop belles ni trop laides. Avec quelques défauts corporels ici ou là. Un début de culotte de cheval...

— Des seins qui commencent à tomber ?

— Par exemple !

Jeanne porta la tasse à ses lèvres. Sa main tremblait. Les yeux lui piquaient.

— Je ne veux pas avoir recours au moulage, reprit Ivany, ce serait la solution de facilité. Il me faut un jeu de six statues représentatives. Je les expédierai au Japon. Là-bas ils se démerderont pour en tirer des copies. Vous êtes partante ?

Jeanne saisit sa tasse à deux mains.

— Vous ne m'examinez pas ? interrogea-t-elle.

— Si, bien sûr ! lâcha le sculpteur en grossissant sa voix, et si par malheur vous êtes parfaite, *je vous vire !*

Jeanne émit un rire étranglé et se leva. Face à la glace elle déboutonna la robe sous laquelle elle était nue. Elle n'avait pas mis de sous-vêtements pour

22

éviter que les élastiques marquent sa peau de stries inesthétiques. La robe tomba à terre, dans la poussière de plâtre. La jeune femme resta figée, fixant dans le miroir cette inconnue arborant un pubis non épilé d'un roux insolent. Ses seins, un peu lourds, se balançaient, leurs pointes érigées par la tension nerveuse.

— Ça va, conclut Ivany, bonne pour le service.

— Ouf ! souffla Jeanne, un instant j'ai eu peur d'être bien foutue ! C'est la première fois que ça m'arrive.

Ivany se gratta la barbe.

« On dirait qu'il caresse un vieux chien, songea Jeanne. Je n'arrive pas à décider si c'est attendrissant ou totalement beurk ! »

— On commencera demain, grommela-t-il. Évidemment vous n'avez pas le téléphone ?

— Évidemment.

— Vous logez où ?

— Dans une chambre de six mètres carrés paillasson compris. Un de ces trucs qu'on nomme « studette » ! C'est à l'autre bout de la ville.

— Merde ! grogna l'artiste, j'aimerais vous avoir sous la main sans horaire fixe. Je ne bosse pas comme les fonctionnaires.

Il parut réfléchir.

— Je pense à un truc, marmonna-t-il, j'ai une chambre de service ici, au sixième. Je peux vous héberger à l'œil, ça vous gênerait ?

Jeanne pouffa.

— Non. Mon loyer est impayé depuis deux mois.

— Alors déménagez à la cloche de bois et installez-vous ici ! Ça vous donnera le temps de vous retourner. On bouffera ensemble et on travaillera à notre guise, sans s'emmerder avec des rendez-vous. D'autant plus que vous êtes une débutante et que les séances de pose vous fatigueront vite ! Faudra faire des *breaks*... Ça marche ?

— Ça marche.

— Emballez vos frusques et revenez ce soir. Si je ne suis pas là, demandez au concierge la clef de la chambre 5.

Jeanne se baissa pour ramasser sa robe. En tournant la tête elle se découvrit dans le miroir, courbée, la croupe offerte. Elle en fut affreusement gênée. Elle se rhabilla dans une extrême confusion. Ivany parlait sans qu'elle comprenne le sens de ses paroles. Il la raccompagna jusqu'à la porte.

— À ce soir ?

— À ce soir, bafouilla-t-elle.

Avant de refermer le battant il ajouta :

— À propos, vos seins ne tombent pas assez ! Salut !

Une fois seule sur le palier, elle réalisa qu'il n'avait pas fait allusion au montant de son « cachet ». Elle n'eut pas le courage de sonner pour faire cette mise au point. En face, la plaque du kinésithérapeute brillait dans l'ombre.

Jeanne descendit l'escalier pas à pas, comme on égrène les perles d'un chapelet. Elle avait la tête en feu, les joues brûlantes. Elle ne pouvait s'arracher de l'esprit l'image de sa propre croupe tendue, surmontant la balafre rose du sexe. Ivany avait-il pu penser qu'elle agissait ainsi pour le provoquer ? L'encourager ? Qu'elle était maladroite !

Elle buta sur une tringle de tapis mal fixée, se rattrapa de justesse à la rampe.

« Ce type doit voir des filles nues toute la journée », se dit-elle en tentant de se rassurer. Mais une voix intérieure lui murmura : *Et alors ? Tu crois que les toubibs ne baisent jamais ?*

Elle s'adossa à l'ascenseur pour reprendre son souffle. Les vitres de la porte menant au grand hall lui renvoyèrent le reflet de sa robe mal reboutonnée, bâillant sur ses seins. Elle se rajusta. Les joues lui cuisaient. Elle remonta le hall au pas de course, les yeux mi-clos. Durant le trajet elle ne put évacuer de son esprit l'image de ses fesses occupant tout l'espace du miroir... La honte !

Lorsqu'elle jaillit de la maison, elle suffoquait, la gorge nouée par une étreinte invisible.

Elle sortit de l'impasse sans se retourner.

L'ascenseur des abîmes

Elle erra tout le jour, en proie à un étrange malaise, sans parvenir à s'éloigner de plus de cinq cents mètres de la maison Van Karkersh. Les pieds douloureux, elle s'effondra sur le banc d'un square. Elle ne se sentait pas la force de traverser la ville pour retrouver sa chambre et y rassembler ses maigres affaires. Elle décida de les abandonner, avec toutefois un pincement de cœur pour les exemplaires des deux romans qu'elle avait publiés cinq ans aupa-ravant. Elle se consola en se disant qu'elle n'aurait aucun mal à les voler sur les rayons d'une biblio-thèque municipale.

Cette éventualité la rasséréna et elle attendit le soir, les yeux dans le vague. Il lui semblait qu'un élastique invisible la tirait en arrière comme un cor-don ombilical qui, se rétrécissant, ramènerait le nou-veau-né à l'intérieur du ventre de sa mère.

Elle se laissa aller, la tête en arrière. Le vent jouait dans ses cheveux, exerçant de brusques saccades sur ses mèches. La faim se mêlant à la fatigue, elle éprouvait un sentiment curieux fait de hâte et d'appréhension. D'envie et de peur. Sensations qui l'assaillaient généralement lorsqu'elle se préparait à faire l'amour avec un nouveau partenaire... Comme elle n'avait aucune envie de coucher avec Mathias Ivany, elle s'expliquait mal ce trouble subit. Ce frisson animal qui la prévenait de quelque chose.

Le soleil rapetissait et elle avait les pieds enflés. Elle était vide, flottante, prête à dériver au gré des forces qui voudraient bien l'aspirer.

« Qu'est-ce que je raconte ? s'étonna-t-elle soudain. Il ne s'agit que de montrer mon cul pendant quinze jours à un monsieur qui le reproduira dans la glaise ! Pas de quoi en faire une montagne ! » Mais la trivialité forcée de ses admonestations ne la rassura qu'à demi.

Elle se leva et se mit en marche. Le soleil piquait du nez à l'horizon. Elle chercha à se rappeler ce qu'elle avait entendu raconter, jadis, sur la maison Van Karkersh, mais ses souvenirs comportaient de grosses lacunes.

Il y avait eu...
Oui, oui ! Ça lui revenait, à présent !
Il y avait eu un scandale à propos de Grégori Van Karkersh, un vieillard presque centenaire qui régnait sur les lieux, tel un président en exil barricadé dans l'ambassade d'une république bananière.

On prétendait...

On prétendait qu'il avait exigé, par voie testamentaire, d'être dépecé à sa mort et jeté, bout par bout, aux fauves du zoo dont les grilles se dressaient derrière son hôtel particulier.

On racontait que — par peur d'être déshérités —, les descendants s'étaient rués sur le lit de mort du bonhomme, armés de scies chirurgicales et avaient débité le cadavre encore tiède en quartiers inégaux.

Jeanne réprima un frisson. Elle avait entendu cette histoire des dizaines de fois pendant son enfance. Une voisine, la vieille Jusquiaume, à qui sa mère la confiait parfois, avait coutume de la réciter dès la fin de son deuxième litre de vin quotidien, ce qui survenait tôt dans l'après-midi. Soudain, Jeanne crut entendre la voix de la pocharde, pataugeant dans le bourbier des syllabes mal articulées.

« Ils étaient là, autour du grand lit. Les neveux, les nièces. Tout noirs dans leurs vêtements de deuil, les mains croisées dans le dos. Et dans ces mains il y avait des outils de boucher. Des scies capables de mordre l'os le plus dur. Des pinces qui pouvaient faire éclater les nœuds de cartilage des articulations.

« On dit que tout au long de l'agonie du vieux, ils ont appris leur leçon dans un manuel d'anatomie, déterminant les points d'attaque propices. En élèves appliqués. Soucieux de bien faire.

« En réalité, ils étaient terrifiés à l'idée de voir le trésor de l'ancêtre leur filer entre les doigts. Le bonhomme les tenait sous sa coupe depuis tant d'années qu'ils en avaient perdu le sens commun !

« Alors ils ont guetté le dernier souffle sur les lèvres du père Van Karkersh. La fille — la vieille Hortense — tenait un miroir contre la bouche du moribond. Les autres attendaient, les phalanges crispées, blanches, sur leurs instruments de dissection.

« *Ça y est !* a dit Hortense. Enfin. Et ils ont commencé. Rejetant le drap, arrachant sa chemise au vieux, le mettant nu comme un cadavre sur une dalle d'autopsie.

« Le fils, Charles-Henri, avait préparé des paniers, des cabas, des sacs à provisions... pour le transport.

« *Ils l'ont fait...*

« Et les tapis de Perse qui valaient des millions ont bu l'hémorragie gigantesque. Une tache ineffaçable de cinq litres de sang. Ils l'ont débité en paquets de chair, là, sur son lit de mort, dans leurs costumes de deuil ! Des bouchers en redingote noire ! Des croque-morts aux mains rouges !

« C'étaient des dégénérés, des rejetons abrutis nés de mariages consanguins.

« Pour eux, le monde extérieur n'existait pas. Ils n'avaient jamais mis les pieds hors de l'immeuble de toute leur vie. Ils ne connaissaient que la loi du père Van Karkersh. Et sa parole les terrifiait.

« Ensuite... Ensuite ils ont traversé la maison, les bras chargés de colis macabres, et du haut du grand balcon qui donne au sud, ils ont jeté les morceaux du bonhomme dans la cage des tigres de Malaisie.

« Le gardien du zoo a cru devenir fou lorsqu'il a

30

découvert, à l'aube, l'une de ses bêtes épluchant un bras d'homme ! Un bras qui se terminait par une main aux doigts bagués de pierres précieuses.

« Certains se font incinérer et réclament qu'on jette leurs cendres à la mer... Van Karkersh, lui, voulait finir en pâtée pour les fauves. Un blasphème. Mais c'est ce qu'il désirait, bien sûr. Une farce macabre destinée à tourner en dérision le martyre des premiers chrétiens dévorés dans les arènes de Rome ! »

Jeanne se frictionna les épaules. Elle avait froid. Souvent la vieille Jusquiaume, percevant le souffle haletant des gamins massés autour d'elle, rajoutait des détails horribles, insistant sur la préparation, l'achat des instruments, les longues répétitions effectuées sur des animaux domestiques, chiens, chats, volés aux gens du quartier.

« Ils ont commencé à s'entraîner dans les caves de la maison, dès que Grégori Van Karkersh, le vieux fou, est tombé malade, grommelait-elle. Combien de pauvres bêtes ont fini ainsi, démembrées, découpées... Allez savoir ! À l'époque j'avais moi-même un chien-loup nommé Braillard. Une bonne bête. Une nuit il a disparu. Je ne l'ai retrouvé qu'une semaine plus tard, se traînant sur les marches du perron... On l'avait scié à mi-corps, le pauvre. Pendant qu'il rampait, ses intestins se déroulaient derrière lui, en un long ruban gris. Il est mort en me léchant les mains. Je revois encore sa grosse langue, noire de sang caillé. Je n'ai jamais su comment il avait eu la force de revenir chez moi, mais en l'enterrant au fond du jardin, j'ai retrouvé un scalpel fiché dans son ventre. Il avait servi de cobaye.

« Oui, les héritiers Van Karkersh s'entraînaient pour la mort de l'ancêtre, pour être en mesure de respecter ses dernières volontés ! Des fous, je vous dis. Des bourgeois à la cervelle plus rongée qu'un foie d'alcoolique. »

Fillette, Jeanne se mettait à claquer des dents dès que la voisine abordait l'histoire du chien. Aujourd'hui encore, elle ne pouvait se défendre d'une vague panique à cette seule évocation. *Que s'était-il réellement passé ?* Elle n'en savait rien. L'imagination populaire avait sans doute travesti un fait divers insolite, le transformant en un conte à dormir debout. Peut-être le vieillard, victime d'un étourdissement, était-il tombé de son balcon dans la cage des fauves qui jouxtait sa maison ? Il s'était empalé sur les piques des grilles, et les bêtes l'avaient mis en pièces. Un horrible accident, soit. Mais un accident tout de même. Jeanne se plaisait à l'espérer.

*

La nuit d'automne emplissait déjà les rues, la jeune femme pressa le pas. Il n'était que 17 heures mais le ciel se faisait goudronneux.

La maison Van Karkersh lui apparaissait comme un gigantesque point d'interrogation. Avant ces événements, il y avait eu un autre scandale, elle en était sûre, mais elle ne savait plus à propos de quoi. Elle croyait se rappeler qu'on avait qualifié l'ancêtre de « Nouveau Landru[1] ». L'affaire avait été étouffée, Grégori Van Karkersh disposant de puissantes protections.

Tout cela était flou. Irritant. Ce matin, en lisant l'adresse au bas de l'annonce (13, impasse Verneuve), elle n'avait pas fait le rapport. Ce n'est qu'au seuil du bâtiment que la mémoire lui était revenue d'un bloc. Et elle avait pensé : « Mais oui, *bien sûr !* L'hôtel particulier du dingo ! »

Elle se mordit la lèvre inférieure. Quelles idioties ! Elle ne connaissait même pas les traits du vieillard indigne. La maison avait été probablement achetée par un marchand de biens qui la gérait aujourd'hui comme un immeuble banal, une résidence qu'on qualifiait « de standing » ou tout au moins « de caractère ». Jeanne se promit de chercher dans les archives de la bibliothèque municipale. Peut-être y trouverait-elle d'anciens journaux qui...

Elle s'immobilisa, stupéfaite. *Qu'en avait-elle à foutre, après tout ?* Elle allait être hébergée, payée ; le reste ne la regardait pas !

Elle découvrit qu'elle était revenue à son point de départ, sans même en avoir conscience. Les trot-

1. Célèbre assassin du début du XXᵉ siècle qui fut accusé d'avoir dépecé et incinéré une dizaine de femmes.

toirs en pente semblaient avoir conspiré pour la pousser dans la bonne direction. Elle s'engouffra dans le passage Verneuve en bénissant l'obscurité précoce qui lui masquait la maison.

De part et d'autre de la sente s'élevaient des masures aux carreaux brisés, vouées à la pioche des démolisseurs. On en avait muré portes et fenêtres pour décourager d'éventuels squatteurs. Dans ce paysage de ville bombardée, l'hôtel particulier des Van Karkersh rayonnait tel un palais.

Jeanne se glissa dans le vestibule, passant des pavés inégaux de la rue à la banquise sonore des dalles. Malgré sa blancheur, le hall était mal éclairé. Sur les cinq lustres accrochés à la voûte, deux dispensaient une lumière qui stagnait au sommet des colonnades. Cette pénombre transformait le lieu en un tunnel aux contours imprécis. Jeanne hésita, le dos collé au battant de la porte cochère, les statues embusquées entre les colonnes étiraient des ombres tordues sur le dallage.

« Des brigands, songea la jeune femme. Cachés en prévision d'un guet-apens. »

Elle prit son souffle comme si elle allait devoir plonger au fond d'un puits, et s'élança. Elle accentuait le claquement de ses semelles sur le carrelage, tels ces animaux qui hérissent leur fourrure afin de paraître plus gros aux yeux de leur adversaire.

Elle atteignit enfin l'escalier, grimpa au second. Elle sonna. À sa grande déception, Ivany ne vint pas ouvrir. Qu'avait-il dit ? « Si je ne suis pas là, demandez la clef de la chambre 5 au concierge »...

Jeanne se cramponna à la rampe que la cire rendait poisseuse. Sans qu'elle sût très bien pourquoi, elle appréhendait de retraverser le hall. La cage de l'escalier la dominait, sans écho ni odeur.

Rien ne tombait des quatre étages qui la surplombaient, ni le murmure d'une télévision ni le parfum d'un plat qui mijote. L'escalier était une tour de silence. Mais peut-être les appartements étaient-ils insonorisés ? On avait élaboré mille secrets, mille complots entre ces murs. L'architecture de l'hôtel particulier avait sans doute été conçue pour préserver les mystères du vieux Van Karkersh !

Jeanne soupira et descendit au rez-de-chaussée. La pénombre était si dense qu'elle se cogna dans une porte vitrée sans avoir détecté l'obstacle.

Dans le hall, elle ne put s'empêcher de regarder les statues. « Une foule, pensa-t-elle, les spectateurs d'un défilé ou d'une course cycliste... Ils étaient là, massés de part et d'autre de la rue quand l'éruption volcanique les a surpris. Ils sont restés pétrifiés. Comme à Pompéi. Ou alors c'est l'histoire de Babylone et de la femme de Loth, changée en sel. Un truc comme ça. »

L'impression de cohue résultait du désordre des statues. Elles se pressaient au coude à coude, se faisant face ou se tournant le dos, sans aucun souci de se mettre en valeur, se cachant presque. La lumière tremblotante des lustres faisait frissonner leurs ombres.

Pourquoi, à ce moment précis, Jeanne pensat-elle au chien coupé en deux de la mère Jus-

quiaume ? Rien autour d'elle n'impliquait une telle association d'idées, et pourtant, il lui sembla qu'elle allait soudain voir surgir le berger allemand du fond du hall, se traînant sur ses pattes de devant, la gueule ensanglantée, dévidant derrière lui le ruban de ses intestins. Il allait venir vers elle pour lui lécher les chevilles du bout de sa langue noire.

Oui, il allait apparaître d'une seconde à l'autre, demi-cadavre en maraude, illogique pièce de boucherie s'obstinant à palpiter malgré l'horrible « opération ».

Jeanne serra les poings. Elle avait la chair de poule et ses yeux sondaient la pénombre, cherchant à y déceler un mouvement suspect annonçant l'approche de la bête torturée.

« La nuit va remuer, se répétait-elle, la nuit va remuer... »

Elle choisit de courir au-devant du « danger ». Ses talons claquèrent à la cadence d'une rafale de mitrailleuse. En bout de course, elle se tordit la cheville et heurta de l'épaule le grillage protégeant la loge.

Il y eut un bruit de verrou. Une seconde, elle crut que le concierge s'enfermait à double tour, l'abandonnant à son sort, mais le battant s'ouvrit. Le vieil homme était toujours vêtu de sa blouse grise et de ses gants de liftier. Ses cheveux en brosse avaient des luisances de paille de fer.

— Ah ! soupira-t-il, c'est vous qui faites tout ce tapage.

Il paraissait soulagé.

« Il a pensé à *autre chose !* se murmura Jeanne, il a *d'abord pensé* à autre chose... »

Elle lui expliqua d'une voix atone qu'elle venait chercher la clef de la chambre de service numéro 5. Le concierge leva la main.

— Je suis prévenu, coupa-t-il, je vais vous accompagner. C'est l'ancien quartier des domestiques ; faut connaître.

Il se retourna pour décrocher une clef pendue à un clou. La loge était plongée dans l'obscurité, tel le laboratoire d'un photographe.

« Qu'est-ce qu'il foutait dans le noir ? se demanda la jeune femme. Il dormait ? À 6 heures du soir ? »

— Je m'appelle Timothée Erenko, expliqua le gardien, mais c'est trop long. Alors, au fil des années, c'est devenu « Tienko ». Vous allez travailler chez M. Ivany ?

« Il parle de moi comme d'une bonniche, ragea intérieurement la jeune femme. *Travailler chez... !* Il n'aurait pas pu dire : Travailler *pour...* ou *avec* ? »

Déjà, ils remontaient le hall. Le vieil homme marchait vite, en ancêtre insolent qui ignore les rhumatismes.

— « Tienko », répéta-t-il, c'est M. Van Karkersh qui avait trouvé ça.

Jeanne tressaillit.

— Le vieux Van Karkersh ? Celui qui...

— Le seul vrai Van Karkersh, corrigea le

concierge. J'ai été à son service. C'est très ancien. J'avais 14 ans à l'époque. Loin tout ça. Très loin.

Il n'en avait pas l'air certain. Il ouvrit la porte de l'ascenseur.

— Vous voulez que je monte à pied ? plaisanta Jeanne. Cet après-midi vous m'avez dit...

— Oh ! non, coupa Tienko, *il vaut mieux ne pas prendre l'escalier au-dessus du troisième étage.* La cage c'est mieux...

« Il a dit "la cage" au lieu de "la cabine" », nota Jeanne.

Elle le suivit. Elle trouva effectivement que l'ascenseur, tout de fer forgé, ressemblait à une cage. Les volutes de métal s'entrelaçaient en croisillons serrés. Le puits dans lequel se déplaçait la cabine était lui-même un cylindre de grillage percé de portes palières.

Lorsque le caisson commença à s'élever, la jeune femme eut la sensation de devenir un plongeur sous-marin s'en allant filmer les requins mangeurs d'hommes.

« C'est idiot », se dit-elle avec une crispation. La machinerie peinait, à bout de souffle. À partir du troisième étage, aucune ampoule n'éclairait plus l'escalier, comme si l'installation électrique avait été déconnectée à cet endroit précis. Au-dessus de cette *frontière* régnaient les ténèbres.

La cabine s'élevait lentement dans le tuyau de nuit compacte. La faible veilleuse tremblotant sur le tableau des boutons d'étages ne permettait aucune échappée sur l'extérieur. Hors de la cabine, c'étaient les grands fonds. L'immense nuit marine...

Jeanne luttait contre un sentiment croissant de claustrophobie. Comment faisaient donc les locataires des étages supérieurs ? Rentraient-ils, chaque soir, équipés de lampes-torches ou de bougies ? Elle les imagina, regagnant le bercail, attaché-case au poing, coiffés de casques de mineurs au flamboiement d'acétylène, montant au quatrième comme on descend à la mine. Tienko semblait tendu, attentif. « Aux aguets ? » Le tunnel d'obscurité n'en finissait pas. Jeanne serra les doigts sur les volutes d'acier des parois de la cabine. Elle se prit à délirer : Au-dessus du quatrième, l'ascenseur se perdait dans le cosmos ! *L'immeuble n'existait plus...* Une parenthèse dimensionnelle séparait le toit du rez-de-chaussée. Dans cet espace indéfini tout pouvait arriver. Tout.

« Je déconne ! » songea-t-elle. Mais elle transpirait. Une voix lui souffla que la cage les protégeait de quelque chose. Enfermés dans l'ascenseur, ils traversaient un territoire d'extrême danger, tels ces touristes qu'on promène à travers la jungle dans des camions climatisés aux vitres blindées.

— On arrive, souffla Tienko d'une voix à peine audible.

Il aurait pu tout aussi bien dire : « On est passés ! Ce n'était pas encore pour cette fois ! »

La lumière revint au sixième, pleurant une cinquantaine de watts qui paraissaient aveuglants après tant de ténèbres.

Le gardien déverrouilla la porte de la cabine et mit l'interrupteur du pupitre de commande sur la position « Stop ».

— Il est capricieux, expliqua-t-il avec une certaine gêne, si quelqu'un le rappelait...

Si quelqu'un le rappelait et le bloquait en bas, *tu devrais descendre à pied,* compléta mentalement Jeanne sans parvenir à déterminer ce que cette éventualité avait d'épouvantable.

Un couloir jaunâtre prolongeait le palier. Des portes numérotées s'alignaient telles des cabines de bain sur une plage.

— L'ancien quartier des domestiques, dit Tienko. Le syndic a essayé de louer les chambres à des étudiants mais aucun d'entre eux n'est resté.

— Et les autres locataires ? interrogea Jeanne.

— M. Ivany et Juvia Kozac, la masseuse ?

— Non, les autres ?

— Il n'y a personne d'autre. Que vous... et moi. Personne n'est jamais resté ici... C'est trop... *trop obscur.* Oui, c'est ça, trop obscur.

— Surtout entre le quatrième et le sixième, railla la jeune femme.

— L'ancien territoire de Grégori Van Karkersh, souffla le concierge. Deux étages : les bureaux de sa société de vente par correspondance, et ses appartements. Venez voir votre chambre.

Il brandit la clef avec un sourire d'automate. Un robinet gouttait dans une conque entartrée. Jeanne vit défiler les portes, étroites, étriquées. Le couloir bifurquait, se dédoublait en détours sinueux.

— Il y avait beaucoup d'espace inutilisé, commenta Tienko, des remises pour le matériel d'attelage. À l'époque on utilisait encore des tilburys pour se promener dans les allées du bois. Les dames avaient des ombrelles, les messieurs des chapeaux melon. Un autre monde, quoi ! Vous voyez, là et là... On a bâti des cloisons.

Il finit par débloquer une serrure de pacotille qu'on aurait pu forcer avec une épingle à cheveux.

— Voilà, lança-t-il satisfait.

Jeanne s'avança, le nez froncé. C'était une pièce banale, interchangeable. Une table, une chaise, un lit, un lavabo. Et bien sûr : l'éternel bidet émaillé !

— On l'a repeinte récemment, dit Tienko, c'est propre.

— Pas d'insectes ? hasarda la jeune femme.

Elle avait la phobie du petit peuple des fissures. Fillette, dans les appartements qu'elle avait successivement occupés avec sa mère, elle avait tour à tour connu les fourmis, les cafards et les araignées. Plus tard, son long parcours en logements « fauchés » l'avait exposée à de semblables infestations. Elle avait pris l'habitude de dormir la lumière allumée pour détecter les allées et venues des blattes sur les murs.

— Non, bien sûr, fit le concierge.

— C'est pourtant une très vieille maison, insista Jeanne.

Tienko se contenta de hausser les épaules.

— Vous avez vu, dit-il en tendant la main, vous avez une vraie fenêtre ! Pas un vasistas !

Jeanne manœuvra la crémone. La fenêtre s'ouvrit d'elle-même sous l'effet d'un appel d'air. Aussitôt, un remugle puissant lui sauta au visage. Une pestilence faite d'urine, d'excréments et de litière pourrie. Elle recula.

En bas, on distinguait les hachures de grilles et de barreaux. Des grognements, des plaintes montaient vers le ciel.

— Le zoo, murmura-t-elle, comprenant enfin l'origine de la puanteur.

— Ça fouette, hein ? soliloqua Tienko. Les animaux sont vieux, presque morts. Les gardiens aussi. Ils n'entretiennent plus les cages. La municipalité veut raser tout ça. D'ailleurs il n'y a plus de visiteurs. Les jeunes d'aujourd'hui ne s'intéressent guère aux animaux. Il leur faudrait des monstres. Oui, c'est ça, des monstres de l'espace. Et encore !

Jeanne se pencha. Des formes noires tournaient derrière les grillages. La maison Van Karkersh était mitoyenne avec la cage des félins ! Une aberration !

Elle se pencha davantage. À la hauteur du cinquième étage, elle vit le balcon. Un énorme balcon de fer forgé qu'on aurait pu louer pour les cérémonies princières, des couronnements. Des balustres d'une extrême complication soutenaient une barre d'appui aussi large qu'un bastingage de trois-mâts. L'artisan qui l'avait créée avait poussé si loin le souci d'ornementation qu'on quittait le simple tra-

vail du fer pour entrer dans le domaine de l'orfè-
vrerie.

— Quinze antiquaires ont voulu l'acheter ! glissa
le concierge. Un prince vénitien aussi, mais le testament interdit qu'on touche à la maison.

Jeanne recula.

— C'est de là... qu'on l'a jeté ? dit-elle trop vite.

Tienko eut un sursaut.

— C'est de là qu'il est *tombé*, corrigea-t-il. Un
étourdissement. À son âge, c'est courant. Il a basculé par-dessus la rambarde. Une vilaine affaire. Il
s'est empalé sur les grilles de la cage, juste en dessous. Les fauves l'ont déchiqueté bout par bout.
Jusqu'à l'aube.

— Je croyais que ses héritiers...

— Des sottises ! s'insurgea Tienko. J'ai d'ailleurs
ma part de responsabilité dans l'affaire. J'avais à
peine 20 ans à l'époque. Dans les cafés on me payait
à boire pour que je raconte la fin du vieux. Alors
j'ai brodé, bien sûr, pour faire le malin auprès des
filles. J'en ai rajouté soir après soir. Quand on est
jeune on n'a pas de respect.

Il ouvrit un placard, en tira une pile de draps, des
couvertures.

— Voilà ce qu'il vous faut, fit-il, signalant que
la minute de confidence était terminée.

— Merci, lâcha la jeune femme à la fois dépitée
et soulagée.

— Eh bien, bonne nuit, souffla Tienko. Et bon
séjour.

Au moment de quitter la chambre, il se retourna.

— Maintenant que vous habitez au sixième, servez-vous de l'ascenseur, chuchota-t-il, c'est plus prudent. Les escaliers sont mal entretenus, et puis, *toute cette obscurité*... Il pourrait vous arriver un accident.

Avant que Jeanne ait pu dire un mot, il avait battu en retraite. La jeune femme entendit le ronronnement de la cabine qui redescendait. Elle resta un long moment figée, froissant le coin d'un drap entre ses doigts. La puanteur du zoo s'installait dans la pièce. Suffoquée, elle alla fermer la fenêtre. Elle ne s'étonnait plus qu'aucun locataire ne soit resté plus d'une semaine ! Il aurait fallu souffrir d'anosmie pour vivre ici sans être incommodé !

Elle s'assit sur le matelas à rayures, plein de grumeaux de laine. Elle avait tout l'étage pour elle ! Personne ne l'importunerait avec les braillements d'une radio ou d'une télé !

Elle sortit pour visiter le couloir, comme on se promène de chambre en chambre dans un nouvel appartement.

« C'est bête qu'il n'y ait plus de fiacres démantibulés ou de roues de carrosse, songea-t-elle. J'aurais eu l'impression de jouer dans *Sissi Impératrice*. »

Alors qu'elle tournait à l'angle du corridor, elle eut un étourdissement dû au jeûne prolongé. Elle songea qu'elle aurait pu demander un sandwich à Tienko. Le vieux ne l'aurait sûrement pas éconduite.

Elle regagna sa chambre et s'étendit. Elle était couverte d'une sueur glacée, et ses oreilles bourdonnaient. Des images défilaient sous ses paupières, chutes entremêlées d'un film incompréhensible.

... Le zoo fantôme, le balcon... Grégori Van Karkersh basculant dans le vide, et les bêtes s'acharnant sur cette momie en redingote noire suspendue au-dessus d'eux telle une insupportable friandise.

Jeanne se recroquevilla sur le matelas rugueux. Elle voyait le petit vieux, accoudé au bastingage de son balcon princier. Frêle silhouette prenant le frais. Un bonhomme ratatiné au crâne luisant, qui allumait péniblement une cigarette en essayant de contrôler le tremblement de ses mains. Quelle erreur avait-il commise pour passer par-dessus la rambarde si haute, si solide ? S'était-il penché pour agacer les fauves dont il devinait les ombres en bas ?

Jeanne l'imaginait volontiers, occupé à bombarder les tigres à l'aide de bouts de crayons ou de boîtes d'allumettes vides... Un vieillard que la seule méchanceté avait gardé jeune pour mille petits méfaits quotidiens. À un moment, l'éblouissement lui avait fermé les yeux, chamboulé le cerveau. Peut-être était-il trop penché au-dessus du vide pour tenter de faire ricocher une gomme entre les oreilles d'un tigre. Il était tombé, comme une masse malgré son faible poids. Cinq mètres de chute... et tout de suite les pointes de la grille.

Transpercé, il était demeuré accroché aux barreaux, loque au frac déchiré. Les prédateurs, énervés par ses agaceries, avaient commencé à sauter, l'un après l'autre, griffes sorties, se suspendant de tout leur poids à ses membres, distendant la chair,

faisant craquer articulations et ligaments. Van Karkersh avait été écartelé dans la nuit de novembre
par les fauves d'un zoo miteux. Les bêtes mal nour-
ries avaient savouré jusqu'à l'aube cette manne tombée du ciel.

Jeanne avait envie de vomir. Les remugles de la
ménagerie lui pesaient sur l'estomac. L'accident
paraissait crédible, mais il n'expliquait pas tout. Et
surtout pas Braillard, le chien-loup coupé en deux,
traînant son torse sectionné sur le perron de sa maî-
tresse, avant de mourir, un scalpel fiché dans le
ventre. Oh ! bien sûr, on pouvait trouver d'autres
explications. Un maniaque de la vivisection, par
exemple, mais...

Mais la rambarde du balcon semblait vraiment
trop haute pour qu'un homme puisse basculer dans
le vide au terme d'un simple étourdissement. Pour
atterrir au centre de la cage des tigres, il fallait sauter en prenant son élan. Ou bien... *y avoir été jeté.*
Entier, ou en morceaux.

Jeanne se redressa. Pourquoi cette histoire l'obsé-
dait-elle ?

Elle alla fermer la porte de la chambre restée
béante, poussa le verrou et tourna le robinet du
lavabo. Elle se mit nue pour s'asperger d'eau glacée. Cela lui fit du bien. La faim lui minait la raison. Dans l'état de fatigue qui était le sien la
moindre pensée prenait des allures d'idée fixe. Elle
devait se méfier de son imagination. L'immeuble

46

n'avait rien de riant, soit, mais elle avait frôlé la clochardisation. Cette réalité devait rester présente à son esprit.

« Ne fais pas la fine bouche, se dit-elle. Profite de ce moment de répit pour réfléchir à la manière dont tu vas rebondir. Y en a marre des petits boulots, tu dois te remettre en selle. Tu as traversé une mauvaise passe, soit, mais la galère doit s'arrêter là. Tu sais écrire, alors ne joue pas à l'auteur maudit. Retourne dans l'édition, même par la petite porte. Essaye de décrocher un contrat, même minable. Ce sera un début. »

Après s'être séchée, elle s'enveloppa dans un drap et se roula en boule au centre du lit.

Un quart d'heure plus tard, elle dormait.

Les bouchers en deuil

Le lendemain, Mathias Ivany vint la réveiller à 11 heures. Il lui apportait une Thermos de café et un sac de croissants. Elle dévora, entortillée dans son drap, consciente d'offrir un tableau pitoyable.

Le sculpteur se détourna pudiquement pour la laisser bâfrer. Jeanne se goinfrait, sans souci des miettes saupoudrant ses seins nus.

Ivany s'était posté près de la fenêtre. Discret, il faisait mine d'observer le zoo désert.

— Ça pue, hein ? dit-il quand elle eut fini. Je suis désolé, mais c'est la seule piaule dont je dispose. Si je vous installais en bas j'aurais des ennuis avec ma bonne amie. Elle est jalouse des modèles.

— Ne vous bilez pas. C'est très bien, gargouilla Jeanne luttant pour réprimer une crise de hoquet. J'ai connu pire.

— Là, je ne vous crois pas ! rigola l'artiste. Pire qu'une baraque déserte accrochée au flanc d'un jardin zoologique fantôme ? Ce n'est pas possible ! Ou alors votre proprio était le diable en personne et vous logiez au sixième étage des enfers !

Il reboucha la Thermos vide, puis proposa :

— On descend travailler ? Vous pourrez prendre une douche en bas. C'est une salle de bains de célibataire, je vous préviens. La lunette des chiottes est *toujours* relevée, il y a des poils de barbe dans le lavabo et des mégots dans le porte-savon. Ne venez pas vous plaindre.

Jeanne enfila sa robe, ses chaussures. Elle essayait de s'habituer à évoluer nue sous le regard d'un homme que sa profession ne « désexualisait » pas.

Dans l'ascenseur il lui demanda :

— Vous n'avez jamais posé ? Vous bougez pourtant assez naturellement. Les débutantes en font trop ou pas assez. Soit elles ne desserrent pas les genoux, soit elles écartent les cuisses comme si je travaillais pour une revue porno.

Jeanne haussa les épaules.

— Bof ! soupira-t-elle, comme toutes les filles, il m'est arrivé de me prêter aux fantasmes photographiques d'un petit ami en qui j'avais à peu près confiance...

Ivany n'insista pas.

À la lumière du jour, Jeanne fut surprise de l'insignifiance de l'escalier. Les cinquième et quatrième étages ne différaient en rien du reste de l'immeuble. Elle en fut soulagée. Le délire de la nuit s'estompait.

En bas elle prit une douche, Ivany lui demanda ensuite d'évoluer, de bouger, et fit quelques croquis au fusain.

— Il me faut des attitudes naturelles, expliqua-t-il, rien d'académique ni d'outré. Finalement c'est le plus difficile.

Jeanne s'efforçait de ne pas singer les mannequins des panneaux publicitaires. Elle s'habituait à sa nudité. Elle eut très vite des crampes dans les épaules et la nuque. Ivany s'en aperçut et décréta qu'il était temps de faire un *break*. Il alla préparer des sandwiches au saucisson à l'ail.

— Il faut lutter contre la puanteur du zoo ! plaisanta-t-il. Puer encore davantage ! Le vaincre par ses propres armes. Je ne mange plus que de l'ail, des oignons, du camembert coulant... Vous verrez, si vous restez vous ferez comme moi. Et en plus vous fumerez des cigarettes d'eucalyptus !

La jeune femme éclata de rire. Elle venait de s'envelopper dans un peignoir d'éponge et se sentait plus à l'aise.

Elle ne parvenait pas à démêler ce qu'elle éprouvait pour Ivany.

« Il m'est sympathique, et, en même temps, il me fait peur, songea-t-elle. C'est incohérent. Un drôle de bonhomme. Une espèce de romantique attardé qui ferait du bodybuilding. Crinière de poète et muscles de culturiste, curieux mélange ! Quelque chose entre Rodin et Terminator. »

— C'est drôle, lança-t-elle, en débarquant, hier, j'ai cru que les statues du hall étaient de vous, et que vous alliez m'obliger à poser drapée dans une toge, déguisée en déesse de la fertilité, je ne sais quoi...

Le visage d'Ivany se ferma l'espace d'une

51

seconde, et sa peau devint blême, comme si son cœur avait cessé de propulser le sang dans ses veines. L'instant d'après, il se fabriqua un sourire hilare.

— Les vieilleries du hall ! siffla-t-il. Oh ! il ne faut surtout pas y toucher. Elles sont protégées par je ne sais quel testament. C'était le vieux dingue qui les fabriquait. Il en inondait les squares, les maisons de retraite, les parcs des hôpitaux...

— Vous voulez parler de Van Karkersh ? s'étonna la jeune femme. Il sculptait ?

— Oh ! il moulait plutôt. C'était de la camelote. Du stuc pourri pour décor de théâtre. Il faisait venir des filles, des gosses, prenait l'empreinte de leurs corps et coulait du plâtre dans le moule. Après le scandale de l'enquête étouffée, le service des jardins publics a ramené ici toutes les « œuvres » du vieux. On les a mises sous scellés, et puis le temps a passé... On les a « oubliées » dans le hall. Il faut dire que c'étaient des pièces à conviction plutôt encombrantes.

— Cette enquête étouffée, c'était quoi ?

Ivany souffla par le nez.

« On dirait une baleine qui fait surface, se dit Jeanne. Va-t-elle se contenter de cracher un jet d'eau ou carrément éperonner le bateau ? »

— Des conneries d'hystériques, grommela le sculpteur. Ou une cabale politique orchestrée par des culs bénis. Allez savoir ! Si vous voulez vous documenter là-dessus, demandez à Tienko. Mais méfiez-vous, il en rajoute chaque fois une couche. Il a tendance à transformer un fait divers en véritable épopée.

Jeanne rougit. Elle se sentait prise en flagrant délit de commérage. Ils mangèrent en silence. Un malaise diffus planait maintenant sur la pièce. Ivany maugréa, comme pour lui-même :

— Une sale affaire. Vous savez qu'on a surnommé Van Karkersh le « nouveau Landru » ? Ça a donné mauvaise réputation à la maison. Aujourd'hui encore personne ne veut y habiter. Les loyers sont pourtant très bas. C'est d'ailleurs pour cette unique raison que je peux payer la location de cet atelier.

Il avait l'air de mauvaise humeur. Jeanne se reprocha d'avoir abordé le sujet. Elle avait été maladroite.

« J'ai gâché quelque chose, songea-t-elle. Je croyais qu'il prendrait ça avec humour. Manifestement ça reste un sujet sensible. »

Ils reprirent le travail sans entrain. À deux reprises l'artiste pesta contre la maladresse de Jeanne qui en eut les larmes aux yeux.

À quatorze heures Ivany lui fit signe de se rhabiller.

— On arrête, décréta-t-il. Vous êtes crevée, j'en ai marre, on ne fera rien de bon. Allez vous reposer, on se voit demain à la même heure.

Il ouvrit le tiroir d'un buffet et compta quelques billets qu'il fourra dans la main de son modèle.

Jeanne se retrouva sur le palier, avant d'avoir compris ce qui lui arrivait. Elle était déconcertée.

Les réticences du sculpteur avaient déclenché en elle une lointaine sonnerie d'alarme. Évidemment, elle avait été idiote. Ivany en avait assez qu'on lui parle de la maison Van Karkersh. Dans chaque vernissage il devait probablement supporter les mêmes assauts de curiosité malsaine. Avec le temps, il avait cessé de trouver la chose pittoresque.

« Oh ! cher, vous vivez dans une ancienne salle de torture ? C'est super ! Il y a des taches de sang, au moins ? »

Jeanne imaginait sans mal l'ambiance. Elle s'était assez frottée au milieu littéraire pour en être dégoûtée.

Elle compta les billets. La somme lui parut correcte. Elle n'avait aucune envie de traîner en ville. Elle remonta au sixième et se coucha. Le vin rouge bu lors du « casse-croûte » lui alourdissait la tête. Son organisme anémié tolérait mal ce genre d'écart. Elle avait les joues brûlantes, la sueur aux tempes.

Éblouie par la lumière qui tombait de la fenêtre, elle se mit à rêver. La blancheur diffuse des murs filtrait sous ses paupières, paralysant ses centres nerveux. Elle se sentit emportée par un tourbillon proche de l'incandescence. Comme sur une photo surexposée, les détails des objets s'estompaient, les lignes se schématisaient... Bientôt elle se retrouva couchée sur une toile blême. Un drap, qui lui parut aussi vaste qu'une voile de navire.

Une femme d'une cinquantaine d'années approchait un miroir de sa bouche. D'autres personnes se tenaient au pied du lit, les mains croisées derrière le dos, mais Jeanne ne distinguait pas leurs visages.

— *Il y a encore de la buée,* murmura l'inconnue d'une voix sifflante.

Des hommes en redingote s'agitèrent de part et d'autre de la couche.

— Il ne mourra jamais, dit le timbre mal assuré d'un adolescent ; ça peut durer des mois.

— Maintenant on est prêts ! renchérit une voix mâle. On va perdre la main si ça tarde trop.

— C'est vrai. On ne peut pas éternellement répéter sur des animaux !

— Taisez-vous, coupa la femme au visage sec. Arrêtez vos jérémiades. La cérémonie aura lieu ce soir, à 9 heures.

— Mais... s'il y a encore de la buée ?

— Ça n'a pas d'importance. De toute manière je suis certaine qu'il s'en moque. Regardez-le... Vous ne voyez pas qu'il ricane ?

— Mais non... C'est nerveux. Sa bouche n'arrête pas de trembler depuis sa dernière crise.

— Tant pis. On agira ce soir.

Jeanne aurait voulu se réveiller, mais elle était prisonnière d'un corps de plomb qui ne lui appartenait pas. Échouée au milieu d'un gigantesque lit, elle se retrouvait enfermée dans une carcasse frêle et ridée, une armure vétuste aux articulations rouillées.

« Mon Dieu ! songea-t-elle, comme la peau de mes mains est fripée. J'ai l'air d'avoir cent ans ! »

La lumière s'atténuait. La scène virait au noir. Maintenant la femme sèche et les inconnus étaient tous en deuil. Des rideaux funèbres masquaient les fenêtres.

— *Il respire encore,* chuchota quelqu'un.

— Ça ne fait rien, trancha *Hortense.* De toute manière, dans son état il ne peut plus rien sentir. Et puis ce sont ses dernières volontés !

D'une main décidée, elle rejeta l'édredon, le drap, démasquant un corps décharné, vêtu d'une chemise de nuit d'où émergeaient deux mollets squelettiques hérissés de poils blancs.

— Maintenant ! commanda-t-elle.

De ses doigts nerveux elle empoigna l'encolure du vêtement et le déchira sur toute sa longueur. Jeanne découvrit la perspective d'un ventre creux, d'un sexe d'homme recroquevillé tel un escargot mort dans la broussaille cendreuse d'un pubis de vieillard.

— Tu es sûre qu'il ne sentira rien ? hasarda la voix de l'adolescent.

— Ça suffit ! rétorqua Hortense, si tu ne participes pas à la cérémonie tu ne toucheras pas ta part d'héritage. C'est ainsi qu'il en a décidé.

— S'il était mort ça ne me ferait rien, plaida le jeune homme.

— En procédant dès à présent, l'épreuve gagne en valeur ! Sur un cadavre ce serait trop facile... à la portée de n'importe qui !

Jeanne essayait de crier pour parvenir à se réveiller mais aucun son ne fusait de sa bouche.

« C'est normal, songea-t-elle, depuis ma dernière crise je suis *muet...* »

— Il ne pourra pas hurler, confirma la femme au visage émacié, ça devrait te rassurer. Alors, qu'attends-tu ?

Les hommes en deuil se rapprochèrent de la couche. Leurs mains brandissaient gauchement des outils aux courbes nickelées. Des tenailles, des scies en acier inoxydable.

— Ne vous occupez pas du sang, décréta Hortense, le matelas fera éponge. Et puis il y a les tapis.

Jeanne percevait l'imminence du danger par toutes les fibres de son vieux corps usé. Si elle ne se réveillait pas maintenant elle ne se réveillerait plus jamais ! Déjà on la saisissait par une cheville, on palpait ses articulations...

— Attaquez sous le bon angle, conseilla Hortense, vous avez eu tout le temps de répéter sur les animaux !

Une scie d'amputation traça un éclair d'argent dans l'espace. *La lame fila en diagonale et...*

Jeanne s'éveilla en gémissant, hagarde et ruisselante de sueur. Le jour baissait sur les toits. Elle avait dormi tout l'après-midi, comme une pocharde. La transpiration avait dessiné une tache entre ses seins. Elle grelottait de peur rétrospective. À peine assise, elle se tâta les chevilles. Un geste idiot, mais elle n'avait pu le réprimer. Elle bondit vers le lavabo, se bassina le visage.

Dieu ! Quel cauchemar ! Après une telle épreuve on n'aspirait plus qu'à l'insomnie !

Elle évita de se regarder dans la glace de peur de se découvrir un visage ravagé. Les images du songe demeuraient tatouées sous ses paupières. *Les lames, les scies... L'assemblée des bouchers en deuil.*

Elle claquait des dents. Elle décida de ne pas passer la prochaine nuit dans la maison. Elle allait rentrer chez elle, sur-le-champ ! Si la concierge la refoulait pour cause de loyer impayé, elle irait dans un café, dans une boîte... Elle se laisserait draguer pour coucher chez le premier venu. Tout valait mieux que de s'abandonner au sommeil entre ces murs maudits.

Elle se coiffa avec précipitation, rassembla son argent, son sac et courut vers l'ascenseur. Une terreur sans nom lui hérissait le bout des seins jusqu'à les rendre douloureux. Pendant que la cabine descendait, elle garda les yeux clos, de peur d'apercevoir... elle ne savait quoi.

Elle courut tout au long du hall pour ne reprendre son souffle qu'une fois dans la rue.

Les lampadaires s'allumaient. La nuit ne la surprendrait pas sur le territoire de la maison Van Karkersh.

Elle partit d'un rire grêle qui fit se retourner les badauds.

L'ogre des squares

Comme il faisait froid, elle se rendit à *L'Encrier,* un bar prétentieux, de fausse bohème, qu'elle avait fréquenté au temps de sa splendeur littéraire. Le prix des consommations lui fit dresser les cheveux sur la tête mais elle était prête à tous les sacrifices.

Il était trop tôt, et elle se retrouva seule au cœur de la salle vide aux odeurs de cuir anglais. Les miroirs lui renvoyaient l'image d'une femme aux yeux cernés, aux cheveux en bataille qui paraissait échappée d'un asile de nuit.

Très vite, le décor factice, les couleurs « club » l'indisposèrent. Les garçons feignaient de ne pas remarquer sa dégaine. Dans cet établissement fréquenté par le *brain-trust* des maisons d'édition environnantes, on ne savait jamais à qui l'on avait affaire. Ce clochard suçant son mégot pouvait cacher un *best-seller* multimillionnaire, alors que ce dandy en costume coûteux n'était peut-être qu'un minable critique tentant désespérément de se faire inviter à déjeuner par un directeur littéraire jouissant de confortables notes de frais. Il convenait de se montrer prudent et ne pas faire d'impair.

Cette brève incursion dans le passé mortifia Jeanne. Depuis quelque temps elle rêvait d'un retour en force sur la scène de l'édition. Ayant chèrement payé la perte de ses illusions, elle savait désormais qu'il importait de vendre, avant toute chose. Et de vendre beaucoup.

« La maison Van Karkersh représente un formidable sujet de reportage, songea-t-elle. Un cocktail explosif de scandale, de mystère, d'horreur. Imagine un peu le titre : *La mort de Grégori Van Karkersh. Accident ou assassinat rituel ?* Il y a matière à un bouquin accrocheur. Un produit sur mesure pour lecteurs affamés de *serial killers,* et autres foutaises éditoriales à la mode. Tu dois le faire, c'est sûr. L'histoire de ce vieux dingo peut te sortir du pétrin. »

Elle s'excita pendant quelques minutes à cette idée, puis, subitement, son enthousiasme retomba.

« Je ne fais que chercher un prétexte pour m'installer là-bas ! pensa-t-elle avec dégoût. C'est bizarre, je suis comme accro. Ça me dégoûte et j'en veux pourtant une autre tranche, quitte à être malade. Ça n'a pas de sens. »

Et les images du rêve, qu'elle avait tenté d'oublier, déferlèrent sur son esprit. Elle revoyait Hortense sanglée dans sa robe noire à col Claudine, se penchant, un miroir à la main... Elle entendait sa bouche sèche et ridée siffler :

— Dans son état il ne sentira rien. Et de toute manière il est muet... *Il ne pourra pas hurler !*

Jeanne serra les poings à s'en enfoncer les ongles dans les paumes. Ainsi ils avaient découpé le vieillard sans attendre qu'il ait rendu le dernier soupir ! L'horreur d'un tel geste dépassait l'entendement.

Elle se cacha le visage dans les mains, pour dissimuler aux gens des tables voisines son expression égarée.

« Depuis sa dernière crise il est muet... Il ne pourra pas hurler, si ça peut te rassurer ! »

Cette femme ! Oh ! cette femme, dans sa petite robe sage, régissant l'horreur avec l'efficacité d'une ménagère : *« Le matelas fera éponge »*...

Jeanne se sentait gagnée par la nausée. Ils avaient découpé le moribond comme on débite une carcasse dans une boucherie ! Ils avaient dû commencer par les pieds, attaquant l'articulation de la cheville à la scie. À ce moment le vieillard avait sans doute sursauté, ouvert la bouche sur un souffle rauque qui ne parvenait pas à se changer en cri. Combien de temps avait-il mis à mourir ? Était-il resté conscient jusqu'à ce qu'on lui désarticule les coudes ? Avait-il vu ses mains, ses pieds, détachés de son corps et jetés en vrac dans des sacs à provisions, des cabas de toile cirée ?

Jeanne eut un hoquet. Un goût aigre lui emplit la bouche. Elle but avidement une gorgée de vodka-orange.

« Ce n'était qu'un rêve », se répéta-t-elle. Mais,

d'ordinaire, les rêves s'effacent rapidement à la lumière du jour. Or, il lui semblait au contraire qu'au fil des heures son cauchemar gagnait en précision ! Mille détails lui revenaient : la forme des redingotes, les décorations murales : le papier jaune à grosses fleurs brunes... et, dans le fond de la pièce, un trio de statues. Trois bonshommes de marbre aux gestes sibyllins. L'un se bouchant les oreilles, l'autre se cachant les yeux, le troisième...

Elle avait le front brûlant. Avait-elle capté une interférence du passé ? Elle n'avait rien d'un médium, mais l'ivresse, la fatigue, l'épuisement du jeûne prolongé avaient pu la mettre dans un état réceptif proche de la transe. Pourquoi pas ? Elle n'était pas de ceux qui nient les phénomènes occultes avec une obstination suspecte. Cinq ou six ans auparavant elle avait participé, dans un cercle spirite, à des expériences troublantes qui l'avaient amenée à revoir son jugement sur la chose.

Jeanne vida son verre mais l'alcool ne fit qu'ajouter à la confusion de son esprit. Le rêve contredisait de manière radicale les déclarations de Tienko. Qui devait-elle croire ? Son inconscient avait pu fabriquer cette fable à partir de souvenirs épars. *Bien sûr...* Ce qui la troublait, cependant, c'était la matérialité du rêve, son côté palpable. Il ne faisait pas « inventé » mais bel et bien « vécu ».

Le bar se remplissait. On la dévisageait avec curiosité. Elle eut soudain peur de rencontrer son ancienne directrice de collection : cette matrone obèse et snob qui, dans les réunions mondaines, s'appliquait à fumer la pipe « comme George Sand », et à proférer des jurons toutes les trois phrases, pour faire « peuple ».

Jeanne rassembla ses affaires. Aller à l'hôtel ? Elle n'en avait nulle envie. Et puis les consommations avaient sérieusement entamé son pécule. Elle eut une illumination :

— Je vais demander asile à Tienko ! dit-elle à mi-voix.

Oui, c'était une bonne idée ! Elle le ferait parler toute la nuit. On prétend que les vieux dorment peu, c'était l'occasion ou jamais de le vérifier.

Elle paya et sortit. Il faisait froid, la pluie lui cingla le visage. Elle dut marcher courbée pour se protéger des rafales. Une excitation diffuse emplissait son corps. Une sorte d'électrisation sexuelle, qu'elle ne comprenait pas elle-même.

Le trajet jusqu'à la maison Van Karkersh lui parut interminable. Enfin, elle franchit le seuil et foula les dalles du hall. Sans hésiter, elle frappa à la porte de la loge. Un rideau s'écarta, puis le battant grillagé s'ouvrit.

— Vous êtes trempée, observa Tienko, votre robe vous colle à la peau.

Jeanne s'aperçut qu'il disait vrai. La mince étoffe moulait son ventre, ses cuisses, de façon indécente.

— Je voulais vous parler, attaqua-t-elle aussitôt.

— Oh ! oui, bien sûr. C'était inévitable, soupira le concierge. Un jour ou l'autre, « ils » veulent tous me parler. Entrez donc.

Il s'effaça. La loge était éclairée par une antique lampe à pétrole. Des étagères couraient sur les murs. Elles supportaient une quantité impressionnante de flacons d'acide muriatique, un produit qu'on utilise pour déboucher les toilettes ou les canalisations entartrées.

— Enlevez votre robe et mettez-vous devant le poêle, commanda Tienko. Ne vous occupez pas de moi, à mon âge on peut voir les fesses d'une fille sans perdre la paix de l'âme.

Jeanne s'exécuta. Elle avait froid. La chaleur de la salamandre lui brûla les jambes. Tienko lui jeta sur les épaules l'une de ses blouses grises d'instituteur du XIXe siècle. La jeune femme s'assit. Sur une table trônait un aquarium où se prélassaient de répugnants mollusques.

— Qu'est-ce que c'est ? interrogea-t-elle.

— Des lithophages, dit Tienko ; des bêtes qui mangent la pierre. Ce sont mes chiens de garde.

— Okay, coupa Jeanne, si vous voulez. Parlez-moi du scandale Van Karkersh.

— Rien que ça ! ricana le concierge. Mais c'est une histoire pour insomniaque !

— En ce moment j'aimerais mieux ne pas dormir, trancha la jeune femme.

64

Le concierge cessa de rire.

— Je vois ce que vous voulez dire, marmonna-t-il d'une voix éteinte.

Il saisit un tabouret et s'assit. La lumière jaune de la lampe à pétrole accentuait la teinte ivoirine de sa peau. « On dirait une tête réduite, songea Jeanne. Quel curieux bonhomme. Une espèce de taupe au museau rasé de près. »

— Par où commencer ? soupira Tienko. Par l'affaire des statues peut-être ? Vous savez que Van Karkersh se piquait d'être un artiste ; il fabriquait en série des déesses, des dieux grecs pour jardins publics.

— Oui, il « moulait », à ce qu'on m'a dit.

— C'est ça. C'est plus facile quand on n'est pas fichu de manier un ciseau ! Lui, il disait que c'était pour être plus proche de la réalité... Pour « épouser la nature ». Il faisait venir des petites femmes, les fichait à poil et les enduisait de plâtre après leur avoir rasé le dessous des bras et la touffe. Il faisait ensuite don de ses œuvres à la municipalité. Tout le monde le trouvait très chic. Un jour, après une énorme averse, une pelouse s'est affaissée, square Saint-Marcady. Un piédestal supportant une statue signée Van Karkersh a basculé... et l'œuvre s'est cassée. Deux heures après la police débarquait ici.

— Mais pourquoi ?

— Venez, dit simplement Tienko en saisissant la lampe à pétrole, je vais vous montrer quelque chose.

Jeanne se leva.

— Prenez ce marteau, ordonna le concierge avant d'ouvrir la porte de la loge.

Jeanne obéit, décontenancée. Elle suivit le gardien dans le hall. Le vieil homme s'arrêta devant une statue d'éphèbe au bras tendu.

— Tapez ici, commanda-t-il en désignant le biceps de stuc. Vous pouvez y aller, c'est de la camelote.

Jeanne hésita. Elle avait soudain peur de commettre un geste irréparable. D'être en train de signer une sorte de pacte.

— Allez ! insista Tienko.

La jeune femme abattit le marteau. Le plâtre s'écailla dans un crissement de coquille crevée.

— Encore !

Jeanne recommença. Quelque chose apparut. Une armature sous-tendant le bras levé. Une tige de métal ?

Non, c'était trop gros, et puis c'était jaune et poreux comme... Comme...

Elle se raidit. *Comme de l'os.*

Elle lâcha le marteau, qui s'abattit sur les dalles dans un effroyable vacarme.

— Les gens ont réagi de la même façon, observa Tienko, et ils ont pensé la même chose que vous en ce moment. C'était inévitable. Ils se sont dit que Van Karkersh tuait ses petites amies et coulait leurs cadavres dans le plâtre. Comme dans les histoires d'horreur des films pour adolescents.

Jeanne recula. La blouse grise de Tienko lui semblait aussi glacée qu'un *body bag*.

— Et ce n'était pas le cas ? bredouilla-t-elle.

Le concierge grimaça, prit le temps de ramasser le marteau, en bon conteur qui ménage ses effets.

— La police a fait « autopsier » les statues. Vous imaginez la scène ! Des dieux grecs couchés sur des tables de dissection, et des toubibs en tablier de caoutchouc, leur ouvrant le ventre à coups de burin ! *La farce !* Une farce énorme. Pendant ce temps Van Karkersh était interrogé par une équipe de flics décidés à le faire plonger ! Vous parlez d'une aubaine, toutes les statues contenaient des squelettes ! La ville ne parlait que de ça. Les journaux avaient surnommé Grégori Van Karkersh « l'Ogre des squares ».

— Et ensuite ?

— Le vieux ne s'est pas troublé une seconde. Il a invoqué la philosophie de l'art. « Les autres sculpteurs se servent d'armatures en métal, leur a-t-il sorti, moi je préfère le naturel. Mes armatures sont de vraies charpentes organiques. En cela je reste fidèle à mon éthique : *toujours plus près de la nature*. Seulement, ces squelettes je les achète en gros dans une boutique d'anatomie de la faculté de médecine ! Ce sont des squelettes en vente libre, messieurs ! Des cadavres légalement commercialisés ! » Toc. Et il leur a balancé dans la gueule un énorme paquet de factures.

— Il achetait des squelettes ?

— Eh oui ! Comme n'importe quel étudiant en médecine. Seulement, dans son cas, il les commandait par camions entiers.

— Comment a réagi la police ?

— Mal. On avait monté en épingle une affaire qui se révélait bidon. Les analyses ont prouvé que les squelettes farcissant les statues étaient tous très anciens et qu'ils avaient subi une préparation anatomique commerciale. De plus aucune des petites amies de Van Karkersh n'a pu être portée disparue. Tout le monde a eu l'air idiot, sauf Van Karkersh bien sûr, qui en a profité pour développer ses théories plastiques sur la quête du vrai naturel dans l'art statuaire.

— Un canular ?

— Certains ont prétendu que le vieux avait lui-même orchestré le scandale pour se faire de la réclame, mais je n'y crois pas. À quoi cela aurait-il servi puisqu'il ne vendait pas ses œuvres ? L'affaire s'est tassée. On a bien vite retiré les statues des squares. Les mômes s'amusaient à les escalader et cognaient dessus en chantant « Toc-toc ? Macchabée, es-tu là ? »

Jeanne resserra les pans de la blouse grise sur sa poitrine.

— Il achetait des squelettes, répéta-t-elle, mal remise de sa surprise.

— Ah ! grogna Tienko, vous êtes comme les autres. Vous auriez préféré des cadavres de jolies filles emballés comme des jambes cassées.

— Pas du tout ! protesta Jeanne.

Ils rentrèrent dans la loge.

— Ainsi c'était ça le scandale Van Karkersh ! rêva la jeune femme, un peu désappointée.

68

— *Le premier* scandale, corrigea le concierge. Le second a éclaté dix ans plus tard... et il était moins croquignolet.

Jeanne tourna le dos au gardien et ouvrit sa blouse face au poêle, dans la posture classique des exhibitionnistes. La chaleur vint lui rôtir le ventre.

— J'avais 25 ans, murmura Tienko. Trois filles se sont suicidées chez Van Karkersh. Trois sœurs. Elles n'avaient pas de famille et lui laissaient toute leur fortune.

Jeanne rabattit précipitamment les pans du vêtement.

— Toutes les trois au cours de la même nuit, renchérit le concierge. Elles avaient entre 20 et 30 ans.

— Ici ? haleta la jeune femme. Dans la maison ?

— Oui... Dans le quartier des domestiques.

— *Au sixième ?*

— Oui, c'est ce qui a fait tiquer la police. Qu'est-ce que des filles bourrées de fric fichaient à l'étage des chambres de bonnes ?

— Elles lui servaient de modèles ?

— C'est ce que le vieux a prétendu. Il les logeait sur place pour pouvoir travailler au gré de son inspiration... à midi, à minuit, n'importe quand. Il ignorait tout de leur fortune. Il les avait croisées dans un square et aussitôt engagées à cause de la finesse de leurs traits.

Jeanne eut un vertige.

— C'est grotesque, haleta-t-elle sans savoir à quoi elle faisait allusion, et pourquoi se seraient-elles donné la mort ?

Tienko se passa la main sur le front. Une fine sueur faisait briller sa peau parcheminée.

— Si je vous le dis vous allez rire...

— Ça m'étonnerait, soupira la jeune femme.

— Van Karkersh a prétendu que les trois filles étaient amoureuses de lui. Le délire, la passion, quoi ! Elles étaient très unies, et comme il les dédaignait, elles ont préféré mourir.

— C'est rocambolesque ! Ce vieillard ? Il était déjà vieux, n'est-ce pas ?

— Oui, approuva Tienko, mais là n'est pas la question. Il avait du magnétisme, vous savez ? Une sorte de charisme qui tournait la tête aux femmes. À 70 ans il faisait encore battre le cœur des gamines.

— Elles se sont tuées de quelle façon ?

Tienko baissa le nez. La lampe à pétrole chuintait sans réellement dissiper la nuit.

— L'une s'est empoisonnée, la deuxième s'est pendue. La dernière s'est tiré un coup de pistolet dans l'œil gauche... Elles ont écrit une lettre pour dire à Van Karkersh qu'elles préféraient ne plus le voir, lui parler ou l'entendre. On les a trouvées là-haut, quand le « maître » a demandé qu'on les fasse descendre pour la séance de pose. Enfin... c'est moi-même qui suis monté. Quel carnage ! J'ai vomi dans l'ascenseur.

Jeanne n'osait plus bouger. Il lui semblait que l'air de la loge s'épaississait.

— Et la police ? hasarda-t-elle.

— Au début les flics n'ont pas trop fait de difficultés. Ils voyaient ça comme un suicide de filles

70

exaltées, hystériques. Puis on a eu connaissance du testament, et des millions qui dégringolaient dans l'escarcelle du vieux. La presse a repris son clairon. Van Karkersh est devenu « le nouveau Landru ». Le massacreur de fillettes.

— Mais c'étaient qui, ces trois allumées ?

— Des oisives. Des rentes, de l'éducation. Danse de salon, peinture sur éventail et piano. De purs produits de pensionnat chic. Belle peau, un peu grasse. Un côté flamand, vous voyez ? Des beautés saines, comme on les aimait à l'époque. Bien en chair. Des visages de fillettes, lunaires. Elles me plaisaient bien.

— Van Karkersh les « moulait » aussi, celles-là ?

— Non, pas du tout. Il ne s'intéressait qu'à leurs visages. Il voulait les reproduire pour un groupe de trois figures symboliques. Je ne sais plus quoi.

— Et l'enquête ?

— Difficile. On ne pouvait rien prouver. Le vieux plastronnait, bien sûr. Sa superbe agaçait le populo. On avait envie de lui faire sa fête ! Il y a eu une campagne de presse contre lui. De la pure diffamation. Au bout de quelque temps ça s'est arrangé. On a découvert que les trois sœurs avaient un passé psychiatrique : plusieurs séjours dans une « maison de santé » des beaux quartiers. Nymphomanie, hystérie, stigmates, possession. La Sainte Vierge qui apparaît au fond de la penderie, le disque de *fox-trot* qui se met à réciter la litanie des saints. Vous imaginez le délire... Des crises imprévisibles.

— Van Karkersh était blanchi.

— Oui, mais la tache était faite. Il en a gardé une réputation de vieux bouc dangereux.

— Il... il couchait avec ces femmes ?

— Non. Je ne crois pas. Il les prenait pour des bonniches. Pour lui c'étaient des petites modistes essayant de se faire mousser, sans plus, ça ne l'intéressait pas. C'est son indifférence qui a déclenché la folie des trois autres timbrées. Son indifférence. Elles le voulaient, mais lui ne voyait que ses statues.

— Quand on vous écoute ça devient presque crédible, railla Jeanne.

Tienko esquissa un geste d'impuissance.

— Je ne peux pas trancher, capitula-t-il. Le vieux n'avait pas d'alibi, c'est sûr. À l'heure où ça s'est passé, tout le monde dormait. Même moi. Elles s'appelaient Cécile, Hélène et Colette Corelli.

— C'est beaucoup moins drôle que l'histoire des statues, fit doucement Jeanne. Je suppose que cet héritage a fait de votre patron un homme comblé. Mais de quoi vivait-il avant ? De ses œuvres ?

— Non, bien sûr. Il avait fondé une entreprise familiale de vente par correspondance. Il travaillait avec ses enfants au quatrième étage, empaquetant, collant, timbrant, toute la journée.

— Et qu'est-ce qu'il vendait ?

— Des objets porte-bonheur ! Des fétiches. Des trucs pour attirer la chance. Des conneries, quoi ! Il écrivait des livres sur le jeu, les probabilités, les martingales infaillibles !

— Et ça marchait ?

— Plutôt bien ! Le nombre de paquets que je me coltinais jusqu'à la poste ! Des dizaines tous les jours, entassés dans une brouette. Il donnait des conférences de parapsychologie, ici, dans le hall ! Tous les jeudis ! Fallait payer, bien sûr. Mais les gens ne rechignaient pas. Il était doué pour la parlote, le bougre. Un sacré bagout. Même moi, il m'arrivait de m'y laisser prendre, c'est dire !

— Artiste, camelot, prêcheur... plutôt éclectique !

— Il ne faut plus penser à ça, vous savez. Ils sont tous morts aujourd'hui... Le vieux, ses enfants, ses neveux. C'est du passé.

« Si seulement c'était vrai ! » songea Jeanne. Et elle s'en voulut aussitôt de cette pensée.

— Votre robe est sèche ! dit le concierge annonçant la fin de l'entretien. Montez donc vous reposer, je vais vous donner de quoi manger.

— Mais non...

— Allez ! Rhabillez-vous.

Jeanne se débarrassa de la blouse et enfila sa robe tandis que Tienko fouillait au fond d'un placard. Dans l'aquarium, les mollusques à ventouses émettaient des bruits de succion. Le concierge jeta quelques provisions dans un sac en papier.

— Allez, dit-il en poussant la jeune femme dans le hall. Il est tard.

— Vous avez peur que je rate le dernier ascenseur ? plaisanta Jeanne.

Tienko pâlit.

— C'est ça, haleta-t-il. Si la cabine ne fonctionne

pas, revenez ici, je vous hébergerai pour la nuit. *Mais surtout ne montez pas à pied.*

Un froid intense tomba sur les épaules de la jeune femme. Ses nerfs vibrèrent tel un câble soumis à une traction excessive, et dont les torons s'effilochent.

La porte de la loge claqua.

Jeanne tourna la tête, mesurant la longueur du hall. Ce tunnel peuplé de statues l'effrayait. Il lui semblait qu'elle distinguait à travers le plâtre l'armature macabre sous-tendant ces dieux de pacotille. *Des squelettes.* De vrais squelettes affublés de toges, de couronnes, de tridents. Une double haie d'ossements qui montaient la garde de part et d'autre de la travée.

Le hall, l'ascenseur, le sixième... Tout, dans cet immeuble, était donc piégé ?

L'angoisse avait marqué son territoire, et la maison Van Karkersh lui appartenait, c'était indéniable.

Jeanne s'ébroua. Elle pouvait aller sonner chez Mathias Ivany, et se débrouiller pour passer la nuit dans le lit du sculpteur. Après tout, n'avait-elle pas souvent agi de même, dans le passé, pour éviter de retrouver la solitude d'un studio décrépi ? Une fois de moins, une fois de plus... Un inconnu dans un bar valait-il mieux qu'un artiste besogneux ?

Tout en marchant, elle jetait des coups d'œil rapides à droite, à gauche, surveillant les statues dont la plupart lui tournaient le dos.

Des squelettes achetés par dizaines dans une boutique d'anatomie ! Quelle idée macabre ! Comment les livrait-on ? Dans une boîte de bois en forme de cercueil, ou bien troussés tels des poulets sous cellophane ? Elle aurait voulu rire mais les muscles de sa bouche semblaient paralysés.

« Je vais sonner chez Ivany, décida-t-elle, je me frotte contre lui et je lui mets carrément la main à la braguette. Ça vaut mieux que de grimper là-haut. »

Elle monta d'une traite au deuxième étage, mais, au moment où elle se préparait à enfoncer la sonnette, un rire strident fusa, étouffé par la porte. Un rire de femme, auquel le timbre grave du sculpteur fit écho. Ivany n'était pas seul !

Jeanne faillit en pleurer de découragement. Il ne lui restait plus que la solution de l'ascenseur. Traverser le hall en sens inverse pour retourner à la rue aurait été au-dessus de ses forces.

— Je deviens *totally* névrosée, murmura-t-elle en pénétrant dans la cabine. Habiter ici, c'est comme de s'abonner à un syndrome prémenstruel permanent. Le bonheur.

Elle referma la grille et s'assit sur le plancher, de manière à se trouver le plus loin possible des parois grillagées. Se haussant sur une fesse, elle enfonça le bouton du sixième et ferma les yeux.

Quelle heure était-il ? Elle avait perdu la notion du temps. « Tu ferais mieux de réfléchir à ton livre, se dit-elle pendant que la cabine tressautait, ce serait un excellent moyen de te remettre à flot. »

Elle décida de passer la nuit à coucher noir sur

blanc les bavardages de Tienko. Cela lui donnerait des points de repère pour l'inévitable travail d'archives qui ne manquerait pas de suivre. « L'Ogre des squares ! » Elle tenait là un bon sujet, un tremplin pour l'imagination. Les monstres faisaient toujours recette ! Les génocides et les exécutions de masse laissaient le public froid, mais des bricoleurs de l'horreur comme Ted Bundy ou Charles Manson passionnaient les foules.

L'ascenseur cahotait.

« Non... *ne compte pas les étages* ! »

Elle s'évertuait à faire diversion, à occuper son esprit. « Si je n'y pense pas il n'arrivera rien... » Si elle ne pensait pas... *à quoi ?*

Une secousse sèche la prévint qu'elle avait atteint le terme du voyage. Elle se rua hors de la cabine mais la vue des chambres de bonnes la doucha. La voix de Tienko résonna dans sa tête :

« Elles se sont suicidées là-haut... Dans l'ancien quartier des domestiques... »

Là-haut... Où elle venait de débarquer.

Faisant claquer ses talons avec application, elle fila dans sa chambre et tira le verrou. Les remugles du zoo lui levèrent l'estomac. N'y avait-il donc personne pour décider d'en finir avec ces fauves rongés par la pelade ?

« C'est ça, se dit-elle. Mets-toi en colère, ça digère l'angoisse mieux que les tranquillisants. »

Elle s'assit à la table, tira un carnet de son sac et commença à écrire. Sa main tremblait. La traversée du hall, le voyage en ascenseur l'avaient ébranlée. Elle pensa aux colonnes soutenant la voûte. Étaient-elles creuses, elles aussi ? Elle les imagina comme de grands fûts emplis de crânes, charniers verticaux bourrés jusqu'à la gueule.

« Les poubelles du bourreau... », murmura-t-elle.

Elle jura. Son crayon-bille crachotait, labourant le papier d'un pointillé rétif. Elle chercha un autre stylo, n'en trouva pas. Cette défaillance technique, en l'exaspérant, chassa sa peur. Peut-être trouverait-elle un crayon opérationnel dans l'une ou l'autre des chambres qui l'entouraient ? (*qui l'encerclaient...*) Si des étudiants avaient séjourné en ces lieux, ils avaient pu laisser derrière eux de quoi écrire, surtout si leur déménagement s'était avéré plutôt hâtif.

Jeanne sortit dans la lumière jaune du couloir, et, d'un geste trop brusque, tourna la première poignée. La porte s'ouvrit sur un cube vide. Un cendrier posé à même le sol marquait le centre de la pièce. Elle haussa les épaules, dépitée, et poussa un second battant.

Le même scénario se répéta cinq fois. Les chambres, rectangulaires ou carrées, propres ou sales, ne recelaient rien d'intéressant. Jeanne ne trouva qu'un verre à dents ébréché, un paquet de préservatifs et un cigare écrasé.

Les portes 9, 10, 11 refusèrent de s'ouvrir.

« On les a trouvées mortes dans l'ancien quartier des domestiques. » C'est ce qu'avait dit Tienko, tout à l'heure.

Trois sœurs. Trois portes...

Jeanne se rongea l'ongle du pouce. Elle savait qu'elle s'était joué la comédie, elle n'avait cherché un crayon que pour buter sur cet obstacle, précisément.

« On les a trouvées dans le quartier des... »

En s'approchant du battant elle repéra les traces d'anciens scellés. Ceux posés lors de l'enquête, bien sûr ! Elle s'acharna à tourner les trois poignées. Bon sang ! C'était pourtant facile de savoir ! Elle gardait depuis deux ans, accroché à son trousseau de clefs, un passe-partout volé chez une concierge. Ce trophée, dérobé en territoire ennemi, lui permettait de rentrer subrepticement chez elle lorsqu'un propriétaire, las d'attendre un loyer qui tardait trop, lui confisquait ses clefs.

Les serrures désuètes des chambres 9, 10, 11 ne résisteraient pas à cet outil magique. Mais fallait-il vraiment aller plus loin ?

Elle ne voulut pas réfléchir et courut chercher le passe. « Je saute une frontière, pensa-t-elle en faisant grincer la serrure rouillée. Si je pousse cette porte, je serai allée trop loin pour reculer. »

Le battant pivota, démasquant un bloc de nuit compacte.

« Maintenant quelque chose va jaillir des ténèbres, songea-t-elle, et je ne pourrai plus jamais m'arrêter de hurler. »

Devant elle l'obscurité bâtissait un mur de suie, un obstacle impénétrable d'où montait une odeur de poussière et de moisissure. Il lui fallait plonger la main dans ce trou d'encre pour trouver l'interrupteur.

Elle s'immobilisa, le bras à demi levé. Et si *quelque chose* lui saisissait le poignet, la tirait à l'intérieur ? Elle se rendit compte que la sueur ruisselait le long de son échine.

Elle lança le bras en avant, explorant le chambranle. C'était comme si on lui avait demandé de fouiller dans les haillons d'un lépreux. À cette seconde, tout pouvait arriver. Elle se tenait sur un seuil interdit, une zone de fracture. Là, sur le paillasson de la chambre 10, le monde rationnel perdait son imperméabilité. Un être innommable allait surgir de la nuit pour la prendre aux épaules et la serrer dans ses bras. Quelqu'un qu'elle n'avait jamais vu et qu'elle reconnaîtrait pourtant à la seconde même. *Quelqu'un qui aurait le visage de sa peur...*

Ses doigts butèrent sur l'interrupteur, la lumière jaillit d'une unique ampoule accrochée au plafond. Jeanne soupira, soulageant son diaphragme douloureux. Elle avait maintenant sous les yeux un décor vieillot qui faisait penser à une mise en scène de théâtre. Un petit secrétaire, une coiffeuse, un nécessaire de beauté... et, sur le lit, un corset, à côté d'une paire de bottines. Tout cela disparaissait sous une épaisse couche de poussière. Depuis combien de temps n'avait-on pas pénétré ici ? Quarante, cinquante ans ?

L'odeur de salpêtre la prit à la gorge. Tout autour de la fenêtre, la pluie, profitant des infiltrations, avait favorisé l'éclosion de champignons. La moisissure recouvrait une chaise de sa fourrure duveteuse. Une feuille de papier craqua sous la semelle de Jeanne. La jeune femme se baissa pour la ramasser. En l'époussetant, elle comprit que c'était un compte rendu maladroitement dactylographié. En haut du feuillet on pouvait encore lire :

Conférence du 3 octobre 1930. À la tribune Maître Grégori Van Karkersh. Docteur ès sciences occultes et divinatoires. Directeur de l'institut privé des amis du Moulin et Grand Meunier général des territoires souterrains.

« Quelle foutaise ! songea Jeanne. Ça n'a aucun sens. Le moulin... Quel moulin ? »

Le reste avait été délavé par le temps. Un passage toutefois restait déchiffrable :

Comme l'on sait, l'approche du démon se signale par une sensation de froid extrême. C'est pour cela que nous devons nous méfier de l'hiver. Contrairement à une opinion répandue, l'abaissement de la température qu'on observe durant la saison froide ne provient pas de la situation de la Terre par rapport au Soleil, ou autre baliverne climatologique dont on nous rebat les oreilles depuis des lustres !

Si nous connaissons le froid durant une partie de l'année, c'est parce que les démons invisibles multiplient leurs infestations à cette période !

Leur prolifération engendre un froid glacial que les esprits forts mettent sur le compte de « l'hiver ». Il est temps de clarifier cette notion. Vous ne chasserez pas le froid en jetant des bûches dans vos che-

minées, mais bel et bien en faisant dire des exor-cismes ! Seule la parole divine fera remonter la température en faisant reculer les démons qui pul-lulent autour de nous...

Jeanne écarquilla les yeux. Voilà donc ce que débitait Van Karkersh lors de ses séances hebdoma-daires de causerie parapsychologique ! L'hiver, sai-son du diable.

On devinait derrière tout cela l'acharnement logique que déploient certains aliénés pour rendre cohérent un monde reposant sur des principes aber-rants.

Elle posa le feuillet au bord du lit.

Le corset l'hypnotisait, ainsi que les hautes bot-tines lacées. Avec ces deux fétiches elle entrait de plain-pied dans l'intimité d'une morte. Elle n'osait toucher à rien. La moisissure protégeait tout comme une pellicule de cellophane ou une sécrétion *sui generis* destinée à repousser les intrus. Sur la table de chevet une carafe renversée avait décollé la mar-queterie.

« *La première s'est empoisonnée...* »

Jeanne fit trois pas. Une porte bâillait sur le mur de gauche. Elle s'attendait à trouver un cabinet de toilette mais la profondeur de la pièce lui fit com-prendre qu'il s'agissait de la chambre d'à côté ! Les pièces 9, 10 et 11 communiquaient !

« *La deuxième s'est tiré une balle dans l'œil gauche...* »

Cette fois Jeanne recula. L'obscurité lui parut anormalement dense, rétractée tel un chat qui se prépare à bondir toutes griffes dehors. Elle tâtonna le long du chambranle sans déceler d'interrupteur. Un relent de poudre brûlée flottait dans l'air, comme si un pétard venait d'exploser. Un pétard ?

Pourquoi insistait-elle ? Elle avait déjà pris assez de risques. *On* ne lui pardonnerait pas d'aller trop loin.

Elle regagna la porte à reculons et tira le battant. Elle dut ensuite ferrailler dans la serrure en essayant de ne pas lâcher la clef.

La *chose* qu'elle avait dérangée, et qui avait mis tant de minutes à sortir du sommeil pouvait à présent bondir d'une seconde à l'autre.

Le loquet joua enfin, réintégrant sa gâche. Jeanne s'épongea le front d'un revers de main.

— Je deviens folle, dit-elle à voix haute, ce n'était qu'une sorte de grenier... On ne tombe pas foudroyée pour avoir marché au milieu d'un monceau de vieilleries !

À l'instant où elle rentrait chez elle, elle regarda par-dessus son épaule pour s'assurer que personne ne la suivait.

L'ampoule nue du couloir, se balançant au bout de son fil, évoquait bizarrement un nœud coulant.

« La troisième s'est pendue... »

La maison des masques

Jeanne se réveilla vers 11 heures. Les carreaux découpaient un ciel gris ardoise d'une densité désespérante. Elle se bassina le visage et descendit chez Ivany. Celui-ci affichait la physionomie d'un noceur émergeant à l'instant d'une nuit amoureuse épuisante.

Ils déjeunèrent en échangeant des monosyllabes. Malgré elle, Jeanne se prit à chercher des indices de présence féminine.

— On y va ? grogna le sculpteur. Faudrait attaquer la glaise.

Jeanne se dénuda, étalant ses vêtements sur le radiateur. Ivany grommelait en se tenant les reins chaque fois qu'il devait se baisser.

— J'ai choisi cette pose, dit-il péremptoirement en jetant une feuille de Canson à la jeune femme.

Jeanne grimaça. C'était l'attitude la plus fatigante parmi toutes celles ébauchées la veille. Elle se mit en place, les bras levés à mi-hauteur, une jambe fléchie. Ivany pétrissait la glaise à pleines paumes dans une espèce de rage croissante. Avec sa blouse blanche retroussée sur ses avant-bras velus, il ressemblait plus à un boucher qu'à un artiste. Jeanne en éprouva un réel malaise. Ivany écrasait la terre molle en grognant. Les yeux fermés on avait l'impression de côtoyer un fauve dévorant un quartier de viande.

« Un ogre, songea la jeune femme, un ogre déchiquetant une chair mal cuite... Une chair à demi crue qui résiste et s'attache à l'os. »

Un nœud douloureux lui vrilla le plexus. Le visage du sculpteur était maintenant congestionné, de grosses veines palpitaient sur ses tempes. Ce n'était plus de la création mais de l'anthropophagie. Jeanne sentait son inquiétude augmenter. Elle redoutait que l'homme ne se jette soudain sur elle pour la pétrir pareillement, lui broyant les muscles avant de lui arracher les seins et de s'en repaître en grognant d'aise.

— Tenez la pose ! hurla Ivany. Vous bougez tout le temps !

Et il reprit ses éructations. Il transpirait, sa grosse bouche rouge ébauchait de curieux mouvements masticatoires. Il travaillait comme on mange, avec une jouissance gourmande sans retenue.

« Bientôt il va défaire sa ceinture pour digérer à l'aise ! » songea Jeanne, dans un début de panique.

La physionomie du sculpteur, d'ordinaire plaisante, se modifiait. Ses traits virils, plutôt séduisants, s'amollissaient, lui composant une trogne de soudard en ripaille. Son masque se faisait léonin, sa barbe et ses longs cheveux l'auréolaient d'une crinière de bataille. C'était désormais un fauve mangeant gloutonnement et qu'il aurait été dangereux d'approcher.

Peu à peu, ses doigts, à force de malaxer la glaise, avaient érigé une ébauche de statuette. Des perles de transpiration gouttaient des aisselles de Jeanne, traçant des sillons sur ses flancs. Des crampes lui sciaient les bras, la nuque, mais elle n'osait réclamer la moindre pause. Elle avait peur d'attirer l'attention de l'ogre, de la bête qui griffait la glaise à grands coups de pattes.

Une odeur puissante montait du sculpteur. Un relent charnel comme il en flotte au terme d'ébats amoureux. Jeanne l'imagina nu, vautré sur une table de banquet, couché sur une carcasse rôtie, dévorant un agneau... Oui, elle voyait Ivany rampant au milieu des victuailles, conjuguant gourmandise et stupre. Un banquet de messe noire, cannibale et blasphématoire.

Elle eut un étourdissement, son dos lui faisait atrocement mal.

« Comme si on m'écartelait... », pensa-t-elle.

Elle baissa les bras et se laissa aller contre le mur. Elle était prête à tout. Maintenant *il* allait pousser un rugissement, se jeter sur elle, la violer tout en lui arrachant à grands coups de mâchoires la chair du visage et des épaules. Elle glissa sur le sol en gémissant. Un voile noir passa devant ses yeux.

— Hé ! appela Ivany, ça ne va pas ?

Il était au-dessus d'elle. Penchée, sa figure se

déformait sous l'afflux du sang. Jeanne crut voir un mufle de bête émergeant d'une crinière noire. Elle hurla. Le sculpteur la gifla. L'instant d'après il faisait couler dans sa bouche le contenu d'un petit verre d'eau-de-vie.

— Ça va ? s'inquiéta-t-il.

— J'ai... j'ai mal partout, bégaya Jeanne.

— C'est le manque d'habitude ; ça fait déjà deux heures. On va s'arrêter. Quand je travaille, je ne vois plus le temps passer. Allez prendre une douche bouillante et frictionnez-vous avec du liniment, il y en a dans l'armoire à pharmacie.

Jeanne se redressa. Ivany lui jeta un peignoir sur les épaules. Elle eut à peine la force de se hisser dans la baignoire et de décrocher le tuyau de la douche.

— Vous devriez aller voir la masseuse d'en face ! lui cria l'artiste ; c'est une amie. Vous ne paierez rien.

Jeanne nota l'information. *Juvia Kozac, kinésithérapeute*, était-ce la femme qu'elle avait entendue rire derrière la porte d'Ivany, la veille au soir ? Elle ouvrit l'eau chaude et s'ébouillanta.

Quand elle revint dans l'atelier, Ivany recouvrait son ébauche d'une toile mouillée.

— On arrête pour aujourd'hui, fit-il, je ne veux pas vous tuer à la tâche. Prenez deux aspirines. Si ça ne passe pas, allez voir Juvia de ma part, je vais l'appeler pour la prévenir. Il faut que vous soyez en forme demain.

86

Avec des gestes doux, il aida la jeune femme à se rhabiller. *Il avait de nouveau son visage normal.*

Jeanne regarda sa montre. Quatorze heures. Près de trois heures s'étaient écoulées dans un brouillard qui l'avait privée de toute notion d'écoulement temporel. Elle en fut stupéfaite.

Elle bredouilla un vague remerciement pendant que le sculpteur lui fourrait des billets dans la poche. Elle prit congé et traversa le hall sans s'occuper des statues. Elle avait trop mal. Ses tendons brûlaient comme de l'étoupe.

Dans une pharmacie elle acheta de l'aspirine dont elle croqua trois comprimés. L'acidité des cachets lui ravagea l'estomac. Elle entra dans un café et commanda un sandwich.

Un grand vide lui creusait la tête. À quels fantasmes avait-elle succombé durant la séance de pose ? Depuis trop de mois elle dormait mal et si peu ! Jadis — lorsqu'elle écrivait —, elle avait systématiquement exploité ces états de perception maladive distordant le réel. Aujourd'hui cette déformation professionnelle lui jouait encore de mauvais tours, amplifiant jusqu'à l'horreur un détail insolite, un bruit, une odeur...

« J'ai perdu la boule, se dit-elle. Comme si j'avais pris du LSD. Un vrai *trip* hallucinatoire basé sur la bouffe et le sexe. Vraiment bizarre. Révélateur de mes désirs refoulés, sans doute. Pourtant, c'est drôle, je n'ai pas la moindre envie de baiser avec Ivany. Il ne me branche pas. Trop animal. Sympa et glauque. Pas le bon mélange. L'impression qu'il joue la comédie en permanence. Et puis toute cette barbe sur son visage, ça fait... poils pubiens. Merde, voilà que je recommence. »

Son sandwich achevé, elle paya et regagna la rue. Elle était désorientée, sans projets précis. Et si elle allait au zoo ? Elle pourrait à sa guise contempler le balcon d'où était tombé le vieux Van Karkersh ?

Non, c'était une mauvaise idée. *Une trrrès mauvaise idée !*

« On ne fait pas ça quand on est une gentille petite fille, se dit-elle. On ne se montre pas trop curieuse. Il n'y a rien à gagner en regardant par les trous de serrure. »

Obéissant à une impulsion, elle décida d'entreprendre un premier « débroussaillage » d'archives. Dans un bureau de poste, elle cocha sur un annuaire les adresses de trois librairies spécialisées en sciences occultes, et partit en chasse.

Les deux premières boutiques se révélèrent sans intérêt. Elle y rencontra des jeunes gens branchés qui s'obstinèrent à lui vanter les mérites de l'horoscope par ordinateur. La troisième, par contre, lui fit battre le cœur. C'était une minuscule échoppe coincée entre deux immeubles, un placard à la devanture poussiéreuse qui ne cherchait en aucune façon à appâter les gogos par un étalage de boules de cristal et de tarots. Ici, il n'y avait qu'une centaine de volumes aux titres illisibles. De gros in-quarto reliés cuir, entre lesquels sommeillait un chat roux aux yeux entrouverts. Sur la devanture, des lettres blanches, écaillées, traçaient une inscription en demi-cercle : *Arsène Bornemanches. Libraire spécialisé.*

Cette sobriété plut à Jeanne. Elle poussa la porte. Un carillon grêle émit deux notes. Le chat ne daigna pas sursauter.

Un vieil homme se tenait dans le fond de la boutique. Vêtu d'une canadienne, il était coiffé d'une casquette de golfeur à la visière suiffeuse. Des lunettes d'écaille chevauchaient son nez tordu, l'affublant d'énormes yeux de batracien.

« Encore un drôle de petit bonhomme, se dit Jeanne. On dirait un jockey devenu bibliophile. Une gueule de curé défroqué modelée dans du suif. »

Arsène Bornemanches ne daigna pas se lever de la chaise sur laquelle il se tenait recroquevillé. Jeanne le salua, caressa quelques volumes. La boutique, d'une étroitesse de tranchée, faisait penser à un abri antiaérien de la Seconde Guerre mondiale.

— Vous cherchez quelque chose, ma p'tite demoiselle ? grasseya le vieux. Un jeu de tarots pour vous tirer les cartes entre copines ? Dans ce cas vous vous êtes trompée d'adresse ! Y a rien d'amusant ici. Excusez-moi de reprendre ma sieste.

— Non, lança Jeanne, je voulais savoir si l'on avait écrit quelque chose sur la maison Van Karkersh...

Au même instant elle pensa : « C'est idiot de s'obstiner, de toute façon je n'écrirai jamais ce bouquin... Ce n'est qu'un prétexte. » Bornemanches siffla entre ses dents. Son visage avait perdu toute expression gouailleuse.

— On n'a rien écrit, dit-il, et même si on l'avait fait ce seraient pas des choses à lire ! Pourquoi vous intéressez-vous à des trucs comme ça ?

— Je vis dans cette maison.

Cette fois le vieux se redressa.

— Ça ne me paraît pas une très bonne idée, observa-t-il d'une voix sourde. Faut laisser ça aux gens qui n'ont plus rien à perdre.

— Vous savez quelque chose ? s'enquit Jeanne.

Le libraire eut un geste d'impuissance.

— Ce que tout le monde sait, ou plutôt ce que tout le monde savait à l'époque. C'était un sacré zigue, votre Van Karkersh : gourou, escroc, sorcier, assassin... On lui a collé toutes les étiquettes. Vous voulez du thé ?

— Oui, merci.

Il sortit une Thermos d'entre deux études sur les sœurs visionnaires de Saint-Ptylémon.

— Un méchant petit bonhomme, continua-t-il, pas net du tout. Il avait hérité la maison de son père, un négociant en vins. On n'a jamais su s'il était dupe de ses fariboles occultes ou s'il exploitait la crédulité des naïfs. Ses fameuses conférences ! Quel cirque ! Vous savez qu'il expliquait aux gens comment planter des clous dans les murs pour poser des collets à lutins ? Avec lui on chassait l'elfe comme un vulgaire garenne, avec un nœud coulant posé entre la cuisinière à charbon et le garde-manger.

— Vous y étiez ? s'enquit Jeanne.

— Oui, j'étais jeune. Aussi jeune que son homme à tout faire : le fameux Tienko.

— Vous le connaissiez ?

— Oui, une gouape. Un maquereau qui mettait les petites ouvrières sur le trottoir. C'est lui qui fournissait Van Karkersh en chair fraîche.

— Un... un proxénète ? balbutia Jeanne.

— Oui, ma petite. Un vicieux. Un « apache », comme on disait à l'époque. Toujours armé. Un pistolet dans une poche, un lacet dans l'autre. Quand elles se montraient rétives, il droguait les gamines au laudanum avant de les soumettre à ses clients. Parfois il avait la main trop lourde, et elles ne se réveillaient pas. On avait peur de lui.

Un signal d'alarme mental fit tressaillir la jeune femme. Des voix chevauchèrent dans sa tête : « La première s'est empoisonnée. »

Il droguait les gamines...

« La deuxième s'est tiré une balle dans l'œil. »

Toujours armé, un pistolet dans une poche...

« La dernière s'est pendue. »

Un lacet dans l'autre...

Elle faillit renverser la tasse de thé que lui tendait le vieux.

— Tienko, rêva le libraire, c'était l'âme damnée de Van Karkersh. Officiellement maître d'hôtel et garçon de courses...

— La vente par correspondance ?

Bornemanches s'esclaffa tristement.

— Ça encore c'était une histoire louche. On a

analysé la composition de certains gris-gris. On a trouvé des choses surprenantes. De la chair humaine, par exemple... Van Karkersh a prétendu qu'elle provenait de cadavres achetés à la faculté de médecine. De déchets récupérés au terme des dissections en amphithéâtre. Et puis il avait des appuis. Sa secte s'organisait, mine de rien. Un fils de sénateur parci, un banquier par-là. Des gens de poids qui avaient envie de compter le diable parmi leurs électeurs.

— Et les trois sœurs ? hasarda Jeanne.

— Les filles Corelli ? Des convulsionnaires. Elles vénéraient Van Karkersh comme un dieu. Trouvées mortes un beau matin. Le 10 novembre 1930. Tienko les aurait découvertes à 11 heures. Selon le légiste, elles se seraient donné la mort deux heures plus tôt. Une énigme.

— Elles étaient vraiment... folles ?

— Stigmatisées chroniques. Des filles de la bourgeoisie pourries par l'oisiveté et le catéchisme. Emma Bovary en triple exemplaire, version sataniste. Elles s'estimaient promises à un grand destin. Un jour, elles ont basculé du giron de la Sainte Vierge dans les bras du démon. Ça arrive. L'exaltation qui se retourne comme un gant. Le curé qui devient communiste, le débauché qui se change en saint. J'ai déjà vu ça. Ces trois gamines, c'était de la pâte à modeler pour gourou. À les entendre « Les puissances des ténèbres écrivaient sur leur chair ». Les sœurs Corelli : le bloc-notes ambulant des dieux. Vous voyez le tableau !

Arsène Bornemanches se tut. Toute sa verve semblait l'avoir abandonné, il retomba sur sa chaise, privé d'énergie.

— Oh ! soupira-t-il, je déconne comme ça, pour me donner du cœur au ventre, mais en fait je ne suis sûr de rien. Cette baraque me fout la trouille. Même la mort de Van Karkersh est bizarre, ça ressemble trop à une messe noire. J'ai vu Tienko peu de temps après, il avait l'air secoué. *Trop secoué.* Il traînait dans les cafés pour se soûler. Quand il avait bu, il racontait le dépeçage. Après, il prétendait que c'étaient des blagues, qu'il nous avait fait marcher, mais il avait l'œil élargi par la peur. Une grosse pupille noire de bête terrorisée. Et pourtant, Tienko c'était pas un tendre, à cette époque-là. Ça fait réfléchir, voyez-vous. Ça fait réfléchir.

Il fit une pause avant d'ajouter :

— Il ne faudrait plus parler de ces choses. Parfois je voudrais vendre des légumes, ça doit être reposant, les légumes, non ?

— Mais pourquoi Tienko est-il toujours là-bas ? L'immeuble a été vendu...

Le libraire sursauta.

— Pas du tout. La maison est restée dans la famille. Les arrière-petits-enfants de Van Karkersh en ont hérité. Ils y vivent. Vous les avez sûrement rencontrés.

— *Ils y vivent ?* hoqueta Jeanne.

— Oui... Un type qui doit être sculpteur, et une fille, médecin... Gynécologue... Je ne sais pas trop.

— Masseuse.

— C'est possible. Ce sont les enfants des filles d'Hortense et de Charles-Henri Van Karkersh.

— Mon Dieu ! Vous voulez dire que...

— Oui, ils sont le produit de mères nées de pratiques incestueuses. Hortense et Charles-Henri voulaient préserver la pureté de la lignée. Ils se prenaient pour des enfants de pharaon. Ils ont eu trois filles mais l'une est morte en bas âge, on était très « famille » chez les Van Karkersh !

— Et la femme, l'épouse de Grégori ?

Le libraire fit la moue.

— On ne la connaît pas, on ne *les* connaît pas. Van Karkersh a reconnu puis élevé Hortense et Charles-Henri. Les mères ? Des petites putains recrutées par Tienko, sans doute.

Les oreilles de Jeanne bourdonnaient. Le thé passait mal dans sa gorge contractée.

— Vous ne le saviez pas ? observa le vieux. Qu'est-ce que vous fichez dans cette baraque ? Vous n'êtes pas parapsychologue, j'en suis sûr... Alors ? Journaliste ? Vous voulez pondre un article juteux ? Laissez tomber, ma petite. Cette maison-là ce n'est pas de la frime pour gogos. Même les spécialistes ne s'y sont pas risqués ! J'ai écrit dix bouquins sur les maisons hantées, mais celle-là, je n'y passerais pas une nuit pour tout l'or du monde !

Jeanne s'éloigna à reculons. À présent les yeux du vieux brillaient d'une convoitise non dissimulée.

— Vous avez vu des choses, hein ? haleta-t-il. *Dites-moi.*

Ses mains déformées par l'arthrite s'ouvraient et se refermaient telles des pinces.

— Racontez, chuinta-t-il, je peux peut-être vous aider... J'ai de l'expérience.

Dans la vitrine, le chat, percevant le brusque changement d'atmosphère, se mit à feuler et à faire le gros dos.

Jeanne tira la porte, sauta dans la rue, le vieux la poursuivit sur le trottoir.

— Méfiez-vous, ils sont tous masqués ! hoqueta-t-il. Tienko, Ivany, tous. Ils jouent la comédie.

Jeanne empoigna son sac et s'enfuit à toutes jambes, laissant le vieillard qui gesticulait devant sa vitrine.

Tienko... Un maquereau doublé d'un assassin potentiel. Ivany et Juvia Kozac... des cousins nés de filles incestueuses, et — qui sait ? — sacrifiant eux-mêmes à des rituels identiques ! (Rappelle-toi les rires de femme chatouillée.)

Jeanne se tordait les chevilles. La course avait ravivé ses douleurs musculaires. Elle dut s'arrêter. Un peu de bave coulait sur son menton.

Une immense fatigue la terrassa et elle se laissa tomber sur un banc. Ce vieux fou de libraire lui avait fait peur. Il s'était amusé à lui suggérer d'horribles hypothèses : Tienko, assassin des sœurs Corelli... Van Karkersh, dément et découpeur de cadavres... Hortense et Charles-Henri, enfants incestueux engendrant des êtres tarés.

Elle respira profondément. À la lumière du jour tout cela paraissait incroyable.

En levant les yeux elle s'aperçut qu'une pénombre précoce s'installait. Elle voulut remuer et laissa échapper un gémissement. Elle souffrait dans chacune de ses articulations.

Devait-elle aller voir cette... Juvia Kozac ? C'était un bon moyen de poursuivre son enquête. Et de toute manière elle n'avait pas assez d'argent pour s'offrir les services d'un médecin. Dans combien de temps Ivany la libérerait-il ? Il ne paraissait pas travailler bien vite. Sans doute était-ce pour cette raison qu'elle n'avait jamais entendu parler de lui ?

Elle croqua de nouveau trois aspirines.

Irait-elle se faire masser ? Cela ne lui était arrivé qu'une fois, dans des circonstances particulières. Par défi, au cours d'un voyage en Suède, elle avait suivi une amie dans un institut de massage réputé « spécial ». Un loubard blond, plutôt morose, l'avait pelotée pendant deux minutes avant de la renverser sur la table de la cabine et de la prendre de manière assez fruste. Jeanne avait été si *décontenancée* qu'elle avait joui sans problème, contrairement à ce qu'elle redoutait. C'était le genre de bêtise qu'on faisait entre filles soi-disant libérées pour se prouver... Pour se prouver quoi ?

Juvia Kozac pratiquait-elle le même « art » ? Jeanne n'avait jamais croisé aucun client dans l'escalier. Peut-être se rendait-elle à domicile ?

Ses douleurs ne s'estompant nullement, elle décida de rentrer. L'après-midi tirait à sa fin. Cette fois, elle retrouva l'immeuble sans appréhension. Ses courbatures monopolisaient toute son énergie, limitant son champ de perception au minimum vital. Elle traversa le hall. Au moment où elle attaquait l'escalier, elle entendit une porte s'ouvrir, quelqu'un marcher... Un rapide coup de sonnette vrilla le silence. Un verrou joua.

— Ah ! c'est toi..., dit Ivany.

Le battant se referma. Jeanne attendit vingt secondes, la main sur la rampe. Elle était d'ores et déjà certaine que Juvia Kozac venait d'entrer chez son cousin. Elle grimpa les marches qui la séparaient du deuxième étage en prenant garde de ne pas faire grincer l'escalier. La porte de la kinésithérapeute était entrebâillée. Les échos d'une vive discussion montaient de chez le sculpteur. Une altercation ? Difficile à dire car les paroles prononcées restaient incompréhensibles. Obéissant à une impulsion, Jeanne posa le pied sur le tapis-brosse de la masseuse et se glissa dans l'appartement. Son cœur cognait, emplissant ses tempes d'un véritable vacarme organique.

Le logement était vétuste, mal entretenu. Deux chaises dépareillées meublaient la salle d'attente. Une odeur de liniment flottait dans l'air. Plus loin, s'ouvrait le cabinet de consultation : une table de massage, un paravent, des montagnes de serviettes grises. L'atmosphère empestait l'embrocation.

Jeanne avala sa salive. Devait-elle aller plus loin ?

Elle improvisa un scénario : « Oh ! excusez-moi, j'ai sonné. Personne ne répondait, j'ai cru que vous laissiez ouvert exprès... » Pourquoi pas ? Certains médecins ne faisaient pas autrement.

Elle poussa d'autres portes. Une cuisine, une salle de bains équipée d'une baignoire à « bulles ». Au fur et à mesure qu'elle s'éloignait de l'entrée, le décor se dégradait. Juvia Kozac se souciait peu de son intérieur. Des blouses blanches tachées s'entassaient sur la descente de lit.

Dans la buanderie, elle tomba sur une seconde table de massage masquée par un drap. Une forme y était étendue.

Une forme humaine... féminine, si l'on en jugeait aux bosses jumelles des seins.

Jeanne bloqua sa respiration. Elle tendit la main. Son sang bouillonnait à ses tempes ; si elle continuait ainsi une veine allait éclater à l'intérieur de son cerveau, et elle s'effondrerait, idiote à jamais.

Elle empoigna le drap, le souleva.

Si elle avait eu moins peur, elle aurait hurlé, mais elle fut si secouée que son cri s'étrangla, se changeant en jappement rauque.

C'était elle qui reposait sur la table roulante !

Ou du moins son effigie grandeur nature, en cire rose. Une perruque rousse très réaliste figurait les cheveux. Le visage était d'une ressemblance parfaite, travaillé avec un extraordinaire souci du détail. Des aiguilles avaient été fichées dans la poupée. Partout. Cela formait comme un essaim de dards plantés là par d'énormes insectes.

Ce qui gisait là, sur la table roulante, c'était une dagyde de cire, *une poupée d'envoûtement* ! Un double d'elle-même offert aux forces mauvaises.

Jeanne recula en titubant. Elle se précipita dans la salle d'attente et s'affala sur une chaise. Elle entendit Juvia Kozac sortir de chez Ivany sans pouvoir réagir. Soudain, une grande femme blonde, plutôt chevaline, se dressa devant elle. Elle était sanglée dans une blouse médicale boutonnée jusqu'au menton.

— Bonjour, bégaya Jeanne. M. Ivany m'a dit de me présenter... Je suis...

Elle butait sur chaque syllabe, aussi pâle que son double de cire.

— Mais oui ! hennit la masseuse. Vous êtes Jeanne. Je vous connais même très bien.

— Vous me connaissez ? chuinta Jeanne.

— Mais oui ! rigola la grande femme, je me suis permis une fantaisie. *Je me suis payé votre tête !*

Jeanne demeura stupide, incapable de comprendre à quoi la masseuse faisait allusion.

— Ivany avait fait une étude en cire de votre visage, expliqua Juvia Kozac, je la lui ai piquée pour mon mannequin.

— Un mannequin ?

— Oui, renchérit Juvia, j'étudie l'acupuncture, alors je m'entraîne sur une poupée anatomique fabriquée par Mathias... enfin, par M. Ivany. Il lui avait fait une tête de zombi, sans cheveux. Je lui ai dit : « On ne peut pas s'entraîner sur un robot ! » Alors, quand j'ai vu cette étude de votre visage avec ses cheveux synthétiques, je n'ai pas résisté. Tenez, venez, je vais vous montrer.

Elle saisit Jeanne par le coude pour la contraindre à se lever.

— Dites-moi, observa-t-elle, c'est vrai que vous avez l'air ankylosée, on va s'occuper de ça !

Rêves dangereux

Jeanne passa une heure entre les mains de Juvia Kozac. Allongée sur la table, elle se laissa pétrir par les doigts extraordinairement durs de la masseuse tandis que celle-ci lui emplissait les oreilles d'un flot bavard dépourvu d'intérêt.

Jeanne était atterrée par sa propre stupidité, son manque de recul. Quand elle avait découvert la poupée d'anatomie, elle avait été à deux doigts de se croire envoûtée ! À présent, au milieu des piles de serviettes et des flacons d'embrocation, cette idée lui semblait relever de la déficience mentale avancée.

Son équilibre nerveux devenait préoccupant. Le climat de la maison Van Karkersh n'était pas évidemment ce qui convenait le mieux à une névrosée de son acabit.

« Va falloir te reprendre, ma petite, se dit-elle. Sinon ta cervelle va se changer en céleri rémoulade. »

Juvia Kozac lui claqua familièrement les fesses.

— C'est fini ! annonça-t-elle. Vous verrez, ça va aller beaucoup mieux.

Jeanne s'assit au bord de la table, les jambes pendantes. Elle se sentait poisseuse et idiote.

— Je vous remercie, dit-elle.

— Oh ! ce n'est rien ! s'esclaffa la masseuse, mais ne laissez pas Ivany vous tyranniser. Et si ça ne va pas, revenez sans hésiter.

Jeanne remercia une nouvelle fois, sortit et s'enferma dans l'ascenseur.

Elle se sentait moulue comme au terme d'un interrogatoire. Une torpeur étrange paralysait son cerveau.

« C'est Juvia Kozac ! se dit-elle en plaisantant. Non contente de m'envoûter, elle m'a enduit le corps avec l'onguent des sorcières ! Maintenant la drogue va me faire voyager à cheval sur un balai ! »

Elle se rappelait avoir lu quelque part que les sorcières agissaient ainsi avant chaque sabbat, se frictionnant à l'aide de baumes puissamment hallucinogènes. Elle dut faire un effort pour chasser cette pensée.

« Tu ne vas pas recommencer ! maugréa-t-elle. Il n'y a rien de magique dans la maison Van Karkersh. Ce n'est qu'une baraque louche où l'on escroquait et tripotait à tout va, un semi-lupanar doublé d'un repaire d'escrocs, mais rien de plus. *Rien de plus !* »

D'ailleurs elle n'avait pas envie de réfléchir. L'engourdissement du sommeil s'emparait doucement de son esprit. Sitôt dans sa chambre, elle se laisserait couler.

L'ascenseur aborda au palier du sixième. Jeanne repoussa la grille métallique en bâillant.

« Le massage t'a dénoué les nerfs, songea-t-elle, tu vas passer du stade de la relaxation à celui du sommeil, et ça ne te fera pas de mal. »

Elle traîna les pieds jusqu'à sa chambre, se dévêtit et s'enroula, nue, dans une couverture avant de plonger sur le matelas.

« Dormir ! Dormir ! » pensa-t-elle une dernière fois avant de glisser sur la pente de l'inconscience.

La nuit d'automne obscurcissait la fenêtre bien que la soirée ne fût pas très avancée, mais Jeanne ne s'en rendait plus compte. Elle dérivait, le corps anesthésié, l'esprit écorché vif, naufragée du sommeil cramponnée à son oreiller comme à une bouée de sauvetage. Des vagues de plus en plus noires se mirent à déferler sur elle.

Elle sentit qu'elle devait se réveiller de toute urgence si elle ne voulait pas se trouver emportée vers quelque chose de désagréable, mais elle ne réussit pas à triompher de la fatigue qui lui tenait la tête sous l'eau. Elle continua à s'enfoncer dans un univers d'encre à la fois éthéré et liquide. Un feu viscéral lui rongeait l'estomac tandis qu'une impression d'étouffement lui comprimait la gorge. Elle suffoquait aussi sûrement que si on lui avait passé *un lacet* autour du cou. Elle se débattit, mais l'oreiller-bouée ne l'empêcha pas de couler.

Il lui sembla qu'elle tirait une langue énorme et violacée. *Un poison horriblement acide* perforait ses viscères, creusant une myriade de trous dans ses intestins. Les ténèbres la drossaient vers l'horreur, leurs flots sirupeux restaient indifférents à toutes ses tentatives de volte-face.

Une lumière aveuglante jaillit enfin du fond de la nuit, éclair rouge qui lui traversa l'œil gauche et alla buter au fond de sa calotte crânienne, comme le bout d'un tisonnier brûlant... *ou une balle de faible calibre.* Jeanne hurla sans parvenir à se réveiller.

Trois fois massacrée, elle eut envie de se laisser engloutir, mais l'océan du rêve ne voulait pas de son abandon, il s'obstinait à la pousser comme une épave, à la véhiculer tel un corps, disloqué par les récifs, qui s'en va pourrir à la lisière d'une plage.

Le flot la jeta sur une étendue rêche et blanche. Des gens en redingote noire se penchaient au-dessus d'elle, comme pour s'assurer qu'elle respirait encore.

— *Il vit toujours !* dit Hortense, il va rester vivant jusqu'au bout... J'en suis sûre.

Le crissement des scies mordant l'os emplit les oreilles de Jeanne. Au bout de sa jambe droite son pied semblait séparé du reste de la cheville par une profonde entaille. L'éclair de la scie fouillait dans cette plaie, allant, venant, butant parfois sur une esquille d'os. Le drap virait au rouge. Les mains des participants, vernies de sang frais, dérapaient sur les outils.

— Vite ! haletait Hortense, il faut avoir fini avant le milieu de la nuit.

— Pourquoi est-ce qu'il me regarde ? gémit une

voix d'adolescent. On ne pourrait pas lui mettre un bandeau sur les yeux ?

— Non ! coupa Hortense. Je suis certaine que le spectacle lui plaît. Arrête de gémir ! Quand tu t'entraînais sur les bêtes tu ne t'occupais pas de leur regard !

— Je leur crevais les yeux avant...

— Ça suffit !

Un homme entra dans le champ de vision de Jeanne. En blouse grise, les cheveux taillés en brosse. La jeune femme comprit que c'était Tienko. Un Tienko moins déformé par l'âge, et dont les rides n'avaient pas encore masqué la méchanceté. Il tenait dans les mains un ciseau de sculpture et un marteau. À l'aide de ces deux outils il entreprit de disloquer l'articulation d'un genou, enfonçant d'un seul coup la lame biseautée qui fit sauter la rotule hors de son logement.

— C'est bien, approuva Hortense. Rangez proprement les débris sinon nous n'aurons pas assez de sacs.

— Je pourrais descendre à la cuisine chercher des marmites, Madame..., proposa Tienko.

— Non, non, refusa Hortense, je préfère qu'on brûle les récipients une fois le travail terminé. Les paniers, les sacs. Tout. Il ne faudra rien conserver de ce qui aura servi à...

— Mais pourquoi est-il toujours vivant ? interrogea le concierge.

— Parce qu'il veut nous surveiller ! chuchota Hortense. Il nous croit timorés. Il a peur que nous renoncions. Il ne mourra qu'à la dernière minute quand il aura vu s'accomplir toute la besogne.

— Il ne vous fait pas confiance ?

— Non.

Jeanne voulut lever la main pour attirer leur attention, mais s'aperçut avec horreur *qu'elle n'avait plus de mains* ! La carcasse du vieux Van Karkersh était une épave dont elle n'arrivait pas à sortir. Tienko leva son ciseau, fracassant un nœud articulaire à la hauteur de l'épaule. Le devant de sa blouse d'instituteur disparaissait sous les éclaboussures sanglantes.

— Je ne veux plus qu'il me regarde ! gémit l'adolescent.

Hortense ouvrit la bouche mais Jeanne n'entendit pas ses paroles. La scène s'estompait, la chambre transformée en boucherie distendait ses perspectives, les dépeceurs s'agitaient telles de bizarres marionnettes. Le reflux des ténèbres l'emportait vers le large. Jeanne se laissa aller. La nuit changeait de texture, se faisait moins profonde, plus... réelle.

Jeanne ouvrit les yeux. Elle était étendue sur le dos, dans l'obscurité, au milieu des draps froissés, collants.

Elle était si secouée qu'elle n'eut pas le courage de se redresser pour allumer la lumière comme elle le faisait, fillette, au sortir d'un cauchemar. Elle demeura échouée sur le dos, vulnérable, écarquillant les yeux pour tenter de vaincre l'obscurité.

Ainsi le rêve était revenu... Comme un feuilleton dont son inconscient égrenait scrupuleusement les épisodes. L'affreuse nuit du dépeçage se complétait, bribe après bribe. Elle se mordit la lèvre. Elle avait failli penser « morceau par morceau ». Mon Dieu ! Pourquoi avait-elle construit ce délire ?

Et voilà maintenant qu'elle y incorporait le pauvre Tienko ! Pourquoi pas Ivany ou Juvia Kozac, tant qu'elle y était ?

« Bientôt il n'y aura plus assez de place dans la pièce ! ricana-t-elle, ils seront tellement à l'étroit qu'ils seront forcés de louer un amphithéâtre pour pouvoir découper le vieux à l'aise ! » Mais cette boutade de carabin ne la fit pas sourire.

Depuis quelques secondes elle éprouvait une impression curieuse. *Celle de ne pas être au bon endroit...*

Une sensation analogue à celle qui vous assaille lorsque vous vous réveillez dans une chambre d'hôtel à Nice, et que, pendant un bref moment, votre esprit — par la force de l'habitude — se croit encore dans votre appartement parisien.

Jeanne tressaillit, les sens aux aguets. L'odeur la mit en alerte. Ce n'était pas celle de sa chambre, plutôt un relent épais de pièce mal aérée. Un relent de... moisissure.

La chair de poule hérissa le corps de la jeune femme. Maintenant elle en était sûre. Elle n'était pas étendue sur le lit de la chambre 5 ! L'obscurité l'avait trompée.

Elle écarta les bras, n'osant plus respirer.

Où était l'interrupteur ? Elle était nue, perdue au fond d'un cube de goudron, étendue sur un lit inconnu.

Une pensée terrifiante l'assaillit : « La lumière va soudain s'allumer et ils seront tous là autour de moi, Hortense, Tienko, comme dans le rêve... Avec leurs scies, leurs lames. Oh ! mon Dieu ! »

Les contours d'horribles silhouettes bougeaient dans les ténèbres.

« La lumière va s'allumer, se répéta-t-elle, Tienko lèvera son ciseau. Tout va recommencer. Je ne suis plus chez moi. Je suis... chez Van Karkersh ! »

Cette idée lui arracha un cri. À l'idée de vivre la scène du rêve elle se redressa d'un bond, battit des bras, se cognant aux meubles et renversant des objets. Où se trouvait l'interrupteur ?

Elle se mit à crier, distribuant des coups de poing dans le vide, essayant de tenir à l'écart elle ne savait quels prédateurs. *La porte !* Elle devait trouver une porte, s'échapper, fuir... Elle heurta du front le coin d'une armoire et faillit s'assommer. Enfin, elle distingua un rai de lumière au ras du sol. Elle se rua dans cette direction avec la certitude qu'au moment où elle saisirait la poignée, quelque chose sauterait sur son dos, et l'empoignerait par les cheveux pour lui faire réintégrer sa prison de nuit.

Ses doigts touchèrent une poignée de porcelaine ronde comme un œuf. Elle poussa, tira...

La lumière du couloir l'aveugla. Elle s'y jeta tête basse.

« En pleine lumière *ils* ne pourront rien me faire », songea-t-elle. Elle rebondit contre le mur et reçut le numéro du battant comme une gifle : le *9*...

Le 9... jouxtant le 10 et le 11. Les chambres mortuaires des trois sœurs Corelli. Elle avait dormi sur le lit d'une morte.

Elle se bâillonna la bouche avec le dos de la main pour ne pas hurler. Et soudain, alors qu'elle reculait, elle réalisa qu'elle n'était pas nue, mais, bien au contraire, affublée d'un corset moisi et de hautes bottines noires... Des bottines de femme telles qu'on en portait en 1930 !

Elle se griffa les seins et les hanches, sans parvenir à se défaire du carcan baleiné qui lui compressait les côtes. La lingerie intime d'une morte ! Elle portait à même la peau les derniers dessous d'un cadavre !

Avec un hoquet elle lutta pour dénouer des lacets bouclés tels des nœuds marins. Elle crut devenir folle.

Debout au milieu du couloir, elle gesticulait, matérialisation vivante de ces cartes postales érotiques qu'on réservait, avant la Première Guerre mondiale, à l'usage des pioupious. L'étoffe jaune, marbrée de moisissure, lui rentrait dans les flancs, adhérait à sa chair comme un lichen. Jeanne tanguait sur les bottines aux talons rebelles. Enfin, un lacet céda, le corset relâcha son étreinte. Elle s'en dépouilla et le jeta sur le sol, comme une peau morte.

« Une peau *de* morte », songea-t-elle avant de se

mettre à courir. Pour un peu elle se serait jetée dans l'ascenseur, mais la conscience de sa nudité l'en retint. Elle se rua dans sa chambre, s'y enferma et poussa la table devant la porte.

Assise sur sa couche, elle sanglotait en claquant des dents.

« *Chez la morte,* ne cessait-elle de se répéter, j'ai dormi chez la morte, j'ai enfilé ses habits... J'ai... »

Au cours de sa vie, elle avait eu des crises de somnambulisme, mais aucune n'avait atteint ce degré d'inconscience ! Sans s'éveiller elle était sortie de la chambre n° 5 (en emportant le passe-partout !), elle était entrée au 9 pour revêtir les habits trônant sur le lit, puis s'y était allongée... Oh ! cela n'avait rien d'invraisemblable. Elle avait entendu parler d'un automobiliste somnambule qui s'était éveillé après avoir parcouru une dizaine de kilomètres au volant de sa voiture ! Ce qu'elle avait fait dans la chambre n° 9 était infiniment moins compliqué.

Quel attrait morbide l'avait donc poussée à se rendre là-bas ? Elle se frictionna les flancs. Les baleines du corset avaient laissé des meurtrissures sur sa peau. Comment avait-elle pu se garrotter aussi efficacement, elle qui trouvait déjà compliqué de se harnacher d'un soutien-gorge ?

Elle continuait à claquer des dents. Somnambule ! La voilà qui errait nue dans les couloirs à présent ! Si ça continuait, elle allait devoir s'attacher par la cheville à l'un des montants du lit.

Non, c'était impossible. Elle n'avait pas pu

accomplir tous ces actes sans en garder le moindre souvenir. *Et pourtant...* lorsqu'elle était enfant, elle s'était levée une fois, en pleine nuit, pour mettre à plein volume la radio de ses parents, puis était partie se recoucher sans avoir repris conscience l'espace d'une seconde !

Une autre hypothèse, moins rassurante, se profilait déjà : « On m'a droguée. Dès que je me suis endormie on m'a portée dans la chambre 9, et déguisée en sœur Corelli... »

On... On ?

Qui ? Tienko ?

Arsène Bornemanches, le libraire, ne l'avait-il pas implicitement accusé d'être l'assassin des trois sœurs hébergées par Van Karkersh ?

« Il était toujours armé. Un pistolet dans une poche, un lacet dans l'autre. Il droguait les ouvrières au laudanum. »

Jeanne se passa la main sur le front. Mais qui aurait pu lui faire absorber une drogue sinon Juvia Kozac, en la massant au moyen d'un produit spécial ?

« Ils sont tous de mèche, se dit-elle. Tienko les fait chanter, il sait trop de choses sur la maison. Peut-être leur demande-t-il de lui fournir des femmes avec lesquelles il... *s'amuse ?* »

Oui, l'ancien pourvoyeur prenait ainsi sa revanche. Ivany attirait les filles, Juvia les droguait... Et Tienko s'en servait pour d'étranges mises en scène. Rejouant pour lui seul le meurtre des sœurs Corelli, s'amusant à reconstituer l'ultime moment des trois suicidées. Ce qu'il considérait peut-être comme son « chef-d'œuvre » ?

Jeanne fut submergée de dégoût. Elle s'imaginait, inconsciente, tripotée par le concierge qui l'habillait, telle une poupée vivante. Il lui avait passé le corset, puis les bottines. La caressant, lui parlant à mi-voix. Après, il lui avait noué un garrot autour du cou, sans serrer, *juste pour voir*... Il avait approché le canon d'un pistolet des paupières closes de Jeanne, promené un cachet de poison sur ses lèvres entrouvertes, ne parvenant pas à décider quelle mort lui irait le mieux, quel « suicide » la mettrait réellement en valeur : étranglée, empoisonnée... Fusillée à bout portant ? Puis la jeune femme avait commencé à remuer et il s'était enfui.

Tienko ! Un fou vicieux qui se vengeait aujourd'hui de la tyrannie de Van Karkersh en faisant chanter ses descendants ! Comment avait-il tué les sœurs Corelli ? Dans leur sommeil probablement, les surprenant au milieu de leurs corsets, jupons et bottines...

À moins qu'elles n'aient été ses victimes consentantes ? Qu'elles n'aient attendu leur tour ! Comme des écolières se préparant à passer une visite médicale. Et Tienko les avait exécutées, bourreau en blouse grise. Hélène et Colette avaient regardé mourir Cécile, puis Hélène avait assisté au dernier instant de sa sœur, puis... Sagement, les unes après les autres, pour... *pour l'amour de Van Karkersh*. Un instant auparavant l'aînée avait rédigé la lettre destinée à innocenter le « Maître ». Quelques minutes après elle était morte, de l'encre fraîche sur les doigts.

Jeanne imaginait Tienko, poli, efficace, déroulant un nœud coulant. « Si Mademoiselle veut bien relever ses cheveux. »

Et, tout de suite après, tendant à Colette un gros cachet poudreux : « Avec un peu de limonade, Mademoiselle, ça n'a aucun goût. À moins que vous ne préfériez un doigt de porto ? »

Il avait gardé le pistolet pour la dernière exécution, à cause de son côté spectaculaire.

« Si vous voulez bien fermer les yeux, mademoiselle Hélène, vous ne sentirez rien, ce sera rapide. C'est une arme de petit calibre, vous ne serez presque pas défigurée. »

Elles avaient obéi. *Toutes*. Habituées aux ordres doucereux des coiffeurs, des manucures, dont Tienko avait su retrouver le ton.

Jeanne s'essuya les joues. Elle avait froid et elle était grotesque, nue, dans ses bottines noires.

Pourquoi ce triple meurtre ? L'héritage, bien sûr. Mais le concierge y avait pris plaisir. Un plaisir si fulgurant qu'il avait marqué sa vie à jamais. Une telle extase qu'aujourd'hui, tant d'années après, il essayait de tout mettre en œuvre pour l'éprouver une dernière fois avant de mourir.

Jeanne se frictionna les épaules : « Je bâtis un roman, se murmura-t-elle, je n'ai aucune preuve de ce que j'avance. C'était peut-être une simple crise de somnambulisme. »

La journée avait été fertile en émotions. Son esprit avait mêlé les informations pour construire ce scénario d'épouvante, rien de plus. Elle avait marché, soit. Elle s'était habillée. Rien d'impossible là-dedans.

Les bottines, trop serrées, lui sciaient les chevilles. Elle se courba pour les dénouer. Curieusement, elle remarqua que les lacets étaient très lâches et que la douleur éprouvée ne provenait pas de la compression du cuir...

Alertée, elle se débarrassa du premier soulier.

Un cercle rouge et sanglant entourait sa cheville d'une blessure peu profonde mais régulière. C'était comme le parcours d'une lame, tenue d'une main experte, une lame qui aurait délimité son tracé avant d'attaquer en profondeur.

Elle se raidit. D'un coup de talon, elle rejeta le second soulier. Son autre cheville était pareillement marquée. Du sang avait coulé en fines rigoles, tatouant la face interne de chaque pied. « *L'amorce d'un coup de scie* », pensa-t-elle aussitôt, l'esprit en déroute.

Tienko comptait-il synthétiser sur une seule personne les deux souvenirs régissant sa mémoire : le meurtre des sœurs Corelli et le dépeçage de Van Karkersh ?

Elle se cacha le visage dans les mains.

Il y avait encore une autre explication : les stigmates. Elle était en train de devenir hystérique et

114

son inconscient, bouleversé, la stigmatisait comme une illuminée ! Les plaies n'étaient que la manifestation somatique de son délire.

Elle tomba à genoux sur le plancher. Ses dents s'entrechoquaient. Elle déplia une jambe, tâta du bout des doigts la plaie boursouflée *et incroyablement régulière*... Une névrose était-elle capable de tracer des stigmates au cordeau ? Une plaie déchiquetée, un trou, une ulcération, soit, mais ça ! Ce coup de scalpel parfaitement droit, sans tremblement ni hésitation ? Les images du rêve dansaient sous ses paupières. Hortense, Tienko et les autres... Les bouchers en deuil aux mains vernies de rouge.

Elle eut le sentiment d'avoir échappé au pire. Si elle ne s'était pas réveillée à temps, peut-être aurait-elle été dépecée ?

Ce rêve, prédateur du sommeil, allait-il la guetter chaque fois qu'elle fermerait les yeux ? Ne pourrait-elle plus désormais dormir qu'au péril de sa vie ? « Chaque fois que je m'assoupirai, haleta-t-elle, ils viendront m'infliger quelques coups de scie supplémentaires, approfondissant mes blessures, nuit après nuit, jusqu'à ce que mes membres se détachent. »

Un froid terrible s'abattit sur elle. Ce n'était plus un cauchemar, c'était un envoûtement. Ne pourrait-elle plus voir se lever l'aurore qu'épuisée par les hémorragies, entortillée dans des draps raidis de sang ? Elle avait peur. Peur du sommeil, peur de la fatigue. Les rêves de la maison Van Karkersh étaient aussi dangereux que des lames affûtées.

Elle allait devoir lutter, lutter en pure perte, jusqu'à ce que la fatigue l'abatte sur un lit, à bout de forces. Ce jour-là, elle se réveillerait sans mains, sans pieds. Amputée par un cauchemar tenace. Elle se vit, tel Braillard, le chien-loup de la mère Jusquiaume, rampant au long d'un couloir, femme-tronc dévidant dans son sillage le ruban de ses intestins.

Elle se releva d'un coup de reins pour vomir dans le lavabo.

Envoûtée... Le mot continuait à résonner dans sa tête. Si c'était vrai, il ne servait à rien qu'elle tente de s'enfuir, les maléfices la ramèneraient toujours à la maison Van Karkersh. Non, elle devait crever l'abcès ! Au plus vite.

Sa montre était arrêtée et elle n'avait aucune idée de l'heure. Dehors régnait la nuit. Elle s'habilla sans trop savoir ce qu'elle allait faire. Elle décida soudain de demander... Non ! *d'exiger* de Tienko des explications satisfaisantes. Cette démarche aurait au moins le mérite de la rendre active. Si elle ne voulait plus courir le risque de dormir elle devait remuer, bouger.

Elle gagna l'ascenseur en faisant un détour pour ne pas passer devant les chambres des sœurs Corelli. Elle referma soigneusement la grille de la cabine et pressa le bouton du rez-de-chaussée. Sans qu'elle pût se l'expliquer, il lui semblait que l'escalier

116

n'était pas une menace pour elle... *Pas encore !* Cela viendrait, mais pour le moment elle n'était pas concernée par ce qui rôdait entre le quatrième et le cinquième étage. Cela ne durerait pas. Elle commettrait avant peu l'erreur qui la mettrait à portée des forces mauvaises.

Elle se mordit le dos de la main. *Paranoïaque !* Depuis qu'elle avait pénétré dans l'immeuble, elle nourrissait un véritable délire paranoïaque. Un médecin et quelques calmants auraient peut-être raison de l'état d'hyperréceptivité qui la détruisait ? « Non, pensa-t-elle, *ils* ne me laisseraient pas sortir. »

Elle se sentait dédoublée, chacune de ses moitiés regardant l'autre avec mépris.

Au rez-de-chaussée elle poussa la grille. Tout au bout du hall, en terre étrangère, la loge de Tienko diffusait une lumière jaunâtre, parcimonieuse, tel un phare perdu sous une brume épaisse.

Jeanne remonta la travée, entre les statues. Elle eut l'impression (absurde, au demeurant) que le désordre des sculptures s'était accentué, comme si Tienko avait soudain décidé de bousculer les éphèbes de stuc du vieux Van Karkersh. Elle haussa les épaules. C'était idiot, comment en aurait-il eu la force physique ? Elle était victime d'un jeu d'ombre, rien de plus. Un simple jeu d'ombre.

Elle était devant la loge. Comme elle levait la main pour frapper à la grille, elle vit que de répugnants mollusques étaient collés de l'autre côté des carreaux, offrant au regard le bourrelet rosâtre de leur ventouse ventrale. Elle identifia sans peine les bêtes qu'elle avait aperçues dans l'aquarium qui trônait au milieu de la loge de Tienko. Les lithophages... *Les mangeurs de pierre*...

Elle cogna à la vitre. Tienko écarta le rideau, il brandissait une bonbonne d'acide, comme s'il s'apprêtait à la vitrioler.

Catacombes

Jeanne esquissa un mouvement de fuite. Tienko, comprenant qu'elle avait mis au jour ses manigances, allait la défigurer. Cette évidence l'éblouit. Alors qu'elle allait courir vers la rue, le concierge tira le loquet et cessa de brandir son flacon.

— Ah ! c'est vous, soupira-t-il. Vous m'avez fait peur ; j'ai cru que...

Il ne lui dit pas ce qu'il avait cru, mais il paraissait soulagé.

— Vous avez vu l'heure ! chuinta-t-il. Vous êtes folle de traîner dans l'immeuble en pleine nuit ! Rien n'est sûr entre le coucher et le lever du soleil.

Jeanne entra dans la loge. Un lit de camp tiré d'un placard mangeait tout l'espace. Sur la table trônaient une bouteille d'eau-de-vie et un gobelet cabossé.

Les yeux de Tienko étaient troubles.

— Je ne me sens pas vraiment en sécurité au sixième, murmura la jeune femme. J'ai l'impression qu'il s'y passe des choses étranges.

Le concierge se voûta. Ses mains tremblaient tant

qu'il préféra les enfouir dans les poches de sa blouse.

— On n'y peut rien, haleta-t-il. C'est une mauvaise période. L'immeuble se réveille.

Il puait l'alcool et maîtrisait mal son équilibre.

— Moi-même, après tant d'années, j'ai encore peur ! avoua-t-il dans un murmure. Le temps n'a rien effacé. C'est comme un rhumatisme. Oui, c'est ça ! La maison souffre d'arthrite !

Il éclata d'un rire asthmatique qui fit siffler ses bronches.

— Ha, ha, ha ! gouailla-t-il perdu dans les brumes de l'ivresse, des rhumatismes ! Elle est bonne, celle-là !

Jeanne perdit pied. Devant cette loque incapable de la moindre initiative, elle se demanda comment Tienko aurait pu se livrer aux manipulations dont elle était prête à l'accuser un instant plus tôt.

— C'est la date, balbutia-t-il ; la date, vous n'avez pas encore compris ?

— Quelle date ?

— Le 10 novembre... *Le jour anniversaire*.

Il s'assit à la table, se versa un gobelet de gnôle.

— À 9 heures du matin, le 10 novembre 1930, les sœurs Corelli se sont suicidées. À 9 heures du soir, le 10 novembre 1935, Grégori Van Karkersh s'est fait dépecer...

Il fit une pause, dévisagea la jeune femme.

— Ne faites pas l'idiote, grasseya-t-il, je suis sûr que vous avez fouiné. Vous vous êtes renseignée, hein ?

120

— Le 10 novembre à 9 heures, répéta Jeanne.

— Oui, 9, 10, 11, voilà ! Vous êtes contente ! 9, 10, 11, les chiffres déterminés par le thème astral de Van Karkersh ! Il fallait les respecter ! Il fallait qu'il soit mort à 9 heures tapantes. Voilà pourquoi il a fallu le dépecer vivant, sans attendre... Ce n'était pas un crime, *il le voulait ainsi*. Et puis de toute façon il serait mort avant l'aube.

— Ainsi vous avouez ? siffla la jeune femme. Et les sœurs Corelli, vous les avez tuées à 9 heures, elles aussi ?

Tienko haussa les épaules.

— Vous déconnez ! rota-t-il. Pas besoin de les tuer, elles étaient volontaires ! Elles étaient fières d'obéir au maître ! De mourir pour lui...

— Pour lui ?

— Oui ! Van Karkersh leur a dit : « Demain à 9 heures, couic ! » Et elles ont respecté leur engagement. C'étaient de vraies croyantes, les sœurs Corelli ! Les culs-bénits du diable !

— Mais pourquoi exiger leur mort ? Pour l'héritage ?

— Vous délirez, ma p'tite ! L'argent, le vieux Van' s'en tapait.

Il rota de nouveau. Jeanne n'osait bouger, de peur d'interrompre les révélations du vieillard.

— Les sœurs, je les ai pas touchées, gémit Tienko, j'en ai pas eu besoin. Je leur ai juste apporté les instruments ; le matériel, quoi ! Une corde avec un nœud coulant, une pastille de poison, comme on en fait avaler aux bêtes malades. Et un petit pistolet de femme qui n'aurait pas fait de mal à une mouche. J'ai recommandé à Mlle Hélène de se tirer dans l'œil pour que la balle pénètre directement dans le cerveau. Sur la tempe, le plomb se serait écrasé sans trouer l'os. Ça oui, c'était pas commode, mais on ne pouvait pas lui donner un obusier, à cette petite, ça aurait fait tiquer la flicaille.

— Pourquoi me racontez-vous ça ? interrogea Jeanne, les genoux tremblants.

— C'te bonne blague ! vociféra Tienko. Parce que vous ne quitterez jamais l'immeuble, pardi ! Vous avez le virus, maintenant ! Vous allez rester avec nous, à trembler en chœur... Comme Ivany et sa putain de masseuse. Oh ! ils picolent, ils baisent, mais ça ne les empêche pas de claquer des dents lorsque approche le 10 novembre !

— Ivany et Juvia... Ils ont pris part au dépeçage du vieux Van Karkersh ?

— Bien sûr, ma jolie ! C'étaient des gosses mais il fallait qu'ils soient là, comme les autres. Comme leurs mères, comme les cousins, comme le simple valet que j'étais... Oui, des gosses, mais ils m'ont aidé. Ils étaient si mignons, si désireux de bien faire. Ils portaient les sacs, à deux, chacun cramponné à une anse, et vous savez ce qu'il y avait dans les sacs ?

— Taisez-vous ! hurla Jeanne. Vous êtes horrible.

— P't'être bien. Mais ça s'est passé comme ça ! Tout le monde a mis la main à l'ouvrage, les gosses comme les adultes. Ah ! je me rappelle comme ils suivaient la manœuvre, les yeux grands ouverts. La petite Juvia me disait : « Ça y est maintenant, il est mort, grand-père ? » Et le vieux qui s'accrochait, les quinquets bien lucides, bleu acier. Je m'attendais à ce qu'il me dise : « Si tu me découpes de travers, Tienko, je te fous à la porte ! »

— Mais pourquoi voulait-il mourir à 9 heures pile ?

— J'en sais rien, ma jolie. Des histoires de manigances astrales. Neuf heures, c'est l'heure bénite ou maudite selon les jours. Il faut connaître le calendrier magique et ne pas se tromper. Peut-être qu'il essayait tout simplement d'échapper à l'emprise de la maison. Oui, je pense que c'est ça ! Il voulait nous planter là et jouer la fille de l'air, rompre le contrat... À son âge, il commençait à avoir peur, lui aussi. Il savait bien qu'il lui faudrait rejoindre les autres... Et expier au moulin, pour l'éternité, attelé à la grande meule des enfers.

— Qu'est-ce que vous racontez ? lança Jeanne, la poitrine oppressée.

— Comment ? rugit Tienko en battant des bras tel un homme qui tombe d'une falaise. Vous ne savez pas qu'entre initiés on surnommait Van Karkersh « le meunier de la mort » ?

Jeanne recula, la véhémence de Tienko l'effrayait. Que devait-elle retenir dans ce verbiage fleurant le *delirium* ?

Mais était-il vraiment ivre ?

« Il me submerge de contes à dormir debout pour me détourner de la vérité ! pensa-t-elle. Il a compris que je le suspectais, alors il masque sa fuite sous un nuage de fumée. »

Elle était venue lui parler des rêves qui l'avaient assaillie là-haut, elle se retrouvait face à un épouvantail lui-même terrifié et bredouillant des énigmes à la manière d'un oracle grec.

— Le 10 novembre ! ulula-t-il, c'est imminent... Alors le théâtre se remet en place. Il lui faut des acteurs, mais aussi de jeunes espoirs. Comme vous, ma p'tite.

— Mais qu'a-t-il donc de particulier, ce bâtiment ? s'emporta Jeanne. Ce n'est qu'une baraque de mauvais goût. Une bâtisse rococo totalement kitsch !

Le concierge se versa une nouvelle rasade.

— Pour dire ça, vous n'avez jamais entendu le bruit de la meule, grogna Tienko, cette espèce de roulement crissant de la pierre tournant sur son axe.

— *Quelle meule ?*

— Celle du moulin des abîmes, celui qui broie la plus épouvantable des farines.

Jeanne en avait assez. Si elle n'avait pas eu peur de sortir de la loge, elle aurait tourné le dos au concierge sans plus attendre.

— Vous êtes ivre mort ! laissa-t-elle tomber.

— Ivre ! Oh oui ! Bien sûr ! hennit Tienko. Mort, pas encore ! L'alcoolisme c'est le seul rempart dont on dispose ici pour ne pas devenir fou. Si je ne buvais pas cette saloperie, j'aurais tellement la trouille que je ne pourrais plus jamais m'arrêter de crier.

124

Jeanne crispa les poings. L'hystérie du vieux devenait contagieuse.

— Vous ne me croyez pas, hein ? grogna le concierge. Mais pourtant je dis la vérité. *C'est là,* sous l'immeuble. Et Van Karkersh le savait.

Piqué au vif par l'incrédulité de son interlocutrice, il s'agita, ouvrit un tiroir pour fouiller dans un monceau de papiers.

— Je vais vous montrer, dit-il en exhibant un document d'allure administrative. Tenez, lisez !

Jeanne déplia le feuillet jauni, c'était la photocopie d'un certificat d'urbanisme datant de 1910 attestant que la maison était bâtie sur une ancienne carrière. Elle lut la formulation laconique sans y déceler l'ombre d'une explication.

— Et alors ? lança-t-elle. Dans cette ville, le sous-sol est truffé de carrières, rien d'extraordinaire à cela.

Tienko se cogna le front du bout de l'index.

— C'est lent là-dedans ! s'esclaffa-t-il. Les architectes se sont plantés ! Ils n'y ont pas regardé d'assez près. La maison Van Karkersh n'est pas bâtie sur une ancienne carrière *mais sur des catacombes* !

Jeanne ouvrit la bouche, interloquée.

— Un ossuaire, insista Tienko ; un ossuaire qui n'est nullement constitué par les déchets ajoutés d'anciens cimetières. Rien à voir avec les Saints-Innocents ! Les squelettes entassés ici ne sont pas chrétiens, loin de là ! Van Karkersh le savait. Il y est descendu pour la première fois lorsqu'il avait dix ans.

— Parce qu'on peut y descendre ? souffla la jeune femme.

— Bien sûr. Il y a une galerie qui part des caves de la maison. Je peux vous y emmener à l'aube. Le jour, c'est sans danger.

Jeanne s'assit à côté du concierge. Malgré la chaleur du poêle, elle grelottait.

— Il n'y en a plus pour longtemps, marmonna Tienko, la lune va se coucher. Vous vous êtes effrayée pour rien, c'était une nuit tranquille. Vous verrez, ça changera au fur et à mesure que la date de l'anniversaire se rapprochera.

Jeanne aspira une bouffée d'air. Quel jour était-on ? Elle l'ignorait. Elle n'avait jamais été très soucieuse du calendrier. Dans son coin, Tienko continuait à marmonner.

— Van Karkersh avait 10 ans quand il a trouvé le passage, radota-t-il, il est descendu jusqu'en bas, dans la crypte, tout seul. Il me l'a raconté. C'est ça qui lui a foutu dans la tête ces idées bizarres. Plus tard je lui ai dit : « C'est qu'un charnier, Patron, une poubelle de cimetière, laissez tomber ! » Mais il m'a répondu : « Tu n'y comprends rien. C'est un sanctuaire, une zone d'influence. Un point de communication avec l'au-delà. Il faudrait trouver le moyen d'en profiter. De le rentabiliser ! » Rentabiliser une pile de macchabées ! C'était bien de lui, une idée pareille !

Tienko se versa un gobelet d'eau-de-vie, en but la moitié et le tendit à Jeanne.

— Allez-y, grogna-t-il, vous en aurez besoin !

Jeanne obéit. L'alcool fit courir un spasme râpeux dans tout son corps.

Le silence s'installa dans la loge. Enfin la nuit se mit à grisailler ; le jour naissait.

— On y va, décida Tienko, maintenant tout dort à nouveau. La bombe est désamorcée jusqu'à ce soir.

Il prit la lampe à pétrole et déverrouilla la porte de la loge. Il avançait d'un pas incertain. Ils remontèrent le hall, curieux explorateurs aux tenues inadéquates, aux traits tirés. Près de l'ascenseur, Jeanne découvrit une porte basse dont elle ignorait l'existence. Tienko sortit une clef de sa poche. Un panneau annonçait : *Sous-sol. Caves et chaufferie.*

Le concierge s'engagea dans un escalier abrupt qui sentait le salpêtre. Après avoir égrené une vingtaine de marches, Jeanne prit pied dans une cave mal éclairée mais d'aspect anodin.

— C'est plus loin, annonça Tienko ; les caves sont vides. Il n'y a même pas de souris. C'est inquiétant, hein ? Une cave sans souris ? C'est comme une jungle où les animaux cessent soudain de crier. Ça n'annonce rien de bon.

Jeanne s'efforçait de chantonner. C'était une défense dérisoire, mais elle n'avait rien trouvé de mieux.

Elle avançait sur les talons du concierge, entre les portes disjointes des réduits numérotés. Aucune toile d'araignée ne gainait les canalisations. À trois mètres au-dessous de la rue, on était déjà dans un désert.

— C'est là ! dit le vieux d'une voix altérée. (Il désignait un battant de fer oxydé nanti d'un gros cadenas.) Ça descend sur quinze mètres, expliquat-il, en pente vive. Faites attention de ne pas glisser, vous plongeriez dans l'ossuaire comme catapultée par un toboggan.

Jeanne s'humecta les lèvres. Une poussière blanchâtre avait filtré par les interstices du battant, dessinant des traînées crayeuses sur le sol.

— Gare au courant d'air ! prévint Tienko.

La porte s'ouvrit sur une bouffée de plâtre qui fit tousser la jeune femme. Le vieillard leva sa lampe. La lumière coula, éclairant un boyau de mine saupoudré de poussière de craie. C'était comme si un vent de talc soufflait en permanence dans le couloir, blanchissant tout sur son passage. Jeanne en fut ébahie. Elle s'était préparée à traverser une galerie de film d'épouvante, ténébreuse, suintant l'humidité, peuplée de chauves-souris. Au lieu de cela, elle découvrait un tunnel poudré que semblait dévaler périodiquement une formidable avalanche de farine.

— Allez ! ordonna Tienko, je passe devant. Calez la porte avec cette pierre.

La jeune femme s'exécuta. Ses pieds s'enfonçaient dans un sol mou de champignonnière, une couche pulvérulente qui s'élevait en brouillard dès qu'on l'effleurait.

— Quoi qu'il arrive, ne courez pas ! lança

128

Tienko. Vous déclencheriez une tempête de craie qui nous ferait perdre le sens de l'orientation.

Ils entamèrent la descente. Le passage s'élargissait en entonnoir. Au bout, se trouvait la crypte. Une bulle de pierre vaste comme une église. Le rayonnement réduit de la lampe à pétrole ne permettait pas d'en apprécier les contours, mais les bruits y gagnaient une résonance abyssale plutôt désagréable.

Tout d'abord Jeanne ne distingua que des pans de roche crayeuse lézardée, *puis elle aperçut les crânes...* Des milliers de crânes empilés en muraille sur tout le périmètre de la carrière. Des milliers de crânes aux orbites vides, soigneusement étagés, telles les briques d'un mur.

L'ossuaire faisait le tour de la rotonde, s'élevant jusqu'à dix mètres au-dessus du sol. Au centre de la carrière se dressait ce qu'elle prit d'abord pour un autel, et qui se révéla un moulin composé d'une meule tournante. Une de ces meules auxquelles, jadis, on attachait un âne... ou un esclave. La poussière blanche recouvrait tout d'une pellicule neigeuse.

— Vous comprenez maintenant pourquoi on appelait Van Karkersh le meunier de la mort ? ricana Tienko.

— Non, avoua la jeune femme, c'est une meule à cailloux. On devait y broyer les pierres tendres pour fabriquer du plâtre.

— Pauvre idiote ! rugit le concierge. On y broyait les crânes, les os, les squelettes ! La meule appartenait à des prêtres, pas à des artisans ! *On y fabriquait de la farine de cadavres !* De la poudre d'ossements ! C'est un culte très ancien. Tout est gravé sur le socle du moulin. Van Karkersh avait déchiffré les inscriptions.

— De la farine de cadavres ? bredouilla Jeanne. Mais dans quel but ?

— Pour la mêler à tous les matériaux de maçonnerie utilisés dans la construction des temples. Plâtre, ciment, argile. La poudre provenant des squelettes broyés était mélangée à chaque substance. Ainsi les morts étaient partout présents. Ils scellaient les pierres des voûtes, ils s'étalaient dans le crépi des murs, ils dormaient au cœur des briques. Plus tard on les mêla au plâtre de modelage destiné à la confection des statues et des idoles !

— Mais ces morts, murmura Jeanne, qui étaient-ils ?

— Les prêtres d'un ancien culte païen interdit par l'Église. Des druides exécutés sur ordre de l'évêché. À leur mort, les derniers zélateurs imaginèrent de mystifier l'évêque et les autorités religieuses en édifiant une église chrétienne selon le procédé que je viens de vous décrire. Ils construisirent un bâtiment avec la substance des excommuniés ! Un splendide blasphème, n'est-ce pas ? L'église n'était qu'un monument masqué, une idole maquillée, banalisée ! L'évêché a mis longtemps à s'en apercevoir. Il a fait raser le bâtiment, exorciser les décombres, sans jamais découvrir la crypte ! La crypte des meuniers de la mort !

Tienko éclata d'un rire strident, et la lampe à pétrole trembla au bout de son poing.

— Des statues additionnées de poussière d'os ? répéta Jeanne.

— Oui ! Oui ! s'enthousiasma Tienko. Des saints, des saintes, des vierges, des martyrs... Toute l'armée saint-sulpicienne qui hante les églises. Tous coulés dans la même matière impie ! C'était... *c'était comme des statuettes pieuses modelées avec les excréments du diable !* Un blasphème terrible ! Un sacrilège sans nom ! Van Karkersh avait compris cela. Il a repris la recette à son compte. Voilà pourquoi il modelait au lieu de sculpter.

— Mais dans quel but ?

Tienko haussa les épaules.

— Je n'ai jamais su. Je n'étais qu'un valet. Les sœurs Corelli, elles, connaissaient la vérité. Et elles ont accepté de mourir.

Titubant, il s'approcha de la meule.

— Vous voyez ? vociféra-t-il, éveillant un interminable écho sous la voûte. Vous voyez, ils puisaient dans le charnier et jetaient les os sous la pierre...

— Qui ça « ILS » ?

— Les druides... Les païens. Je ne sais pas, moi. Ils tournaient la meule et les os craquaient, se changeaient en poussière. Rien n'était perdu. Les excommuniés changeaient de forme mais restaient présents dans l'épaisseur des murs, des colonnes, dans les dallages, les ornementations.

Jeanne pâlit.

— Vous voulez dire que...

— Que la maison Van Karkersh a été bâtie selon ce procédé, oui ! L'immeuble n'est qu'un temple déguisé, comme le fut autrefois l'église blasphématoire ! Van Karkersh a veillé à ce que la tradition se perpétue. Chaque matériau de réfection a été « infesté » par ses soins ! Les stucs, les décorations, les statues, les piliers ont été coulés selon la même recette. *L'esprit des morts est partout !* La maison Van Karkersh est un charnier dressé en plein cœur de la ville. Un charnier que personne ne remarque ! Nous habitons un cimetière à étages ! Un cercueil géant dont on a maquillé le couvercle en façade.

À force de gesticuler, il avait fait se lever un nuage plâtreux. Il toussa.

Jeanne avait commencé à reculer vers l'entrée de la galerie. La lampe à pétrole donnait des signes d'épuisement.

— Van Karkersh venait là, la nuit, reprit Tienko, il s'attelait à la meule et tournait. Il ne voulait pas que je l'aide. Seul un initié pouvait toucher au moulin à cadavres ! Quand il est devenu trop vieux, il n'a plus réussi à faire bouger la pierre. Son corps n'était plus capable de fournir un tel effort. Alors la maison s'est délabrée. Et l'esprit des morts s'est aigri.

Il s'approcha de Jeanne. La poussière blanche s'était collée sur son visage en sueur, le fardant d'un maquillage mortuaire.

— Oui, souffla-t-il, l'esprit de la maison n'a pas supporté qu'on ne lui adresse plus aucune dévotion.

132

Son mécontentement s'est concrétisé par mille manifestations bizarres. Van Karkersh l'a compris. Et il a pris peur...

« C'est une histoire de fous ! pensa Jeanne. À dix mètres au-dessus de ma tête roulent des voitures, des autobus. Des gens courent pour sauter dans le métro, et moi je suis là, à discuter avec un alcoolique au milieu d'une montagne d'ossements ! »

Elle n'était même plus effrayée. L'étrangeté outrancière de la scène la déconnectait du réel.

— Il faut remonter ! décida-t-elle. La lampe va s'éteindre d'une minute à l'autre.

Tienko parut sortir de sa transe.

— Vous avez raison, souffla-t-il d'un ton pâteux, faisons demi-tour.

Il vacilla, trébuchant dans la direction du tunnel. Jeanne lui emboîta le pas. Le courant d'air saupoudra ses omoplates de farine neigeuse.

Ils peinèrent pour escalader la pente qui menait à la sortie. Le sol pulvérulent se dérobait sous leurs pieds, menaçant à chaque seconde de les rejeter à leur point de départ au terme d'une longue glissade.

Lorsqu'elle se retrouva dans la cave, Jeanne ruisselait de sueur. Tienko verrouilla la porte blindée.

— Après le lever du soleil on ne risque rien, marmonna-t-il, ce n'était qu'une visite de musée, rien de plus. J'aurais presque pu coiffer une casquette de guide. Mais la nuit... La nuit...

Jeanne se demanda si le vieux fou ne prenait pas

un certain plaisir à « gérer » des mystères qui le dépassaient.

— Regardez ! Regardez ! lança Tienko en désignant les lézardes qui sillonnaient le plafond. Voilà pourquoi la maison devient mauvaise. Quel dieu accepterait sereinement de voir son autel se délabrer ? On l'a bichonnée durant des siècles, et soudain plus rien... Plus un geste.

— Mais Ivany ? Juvia Kozac ?

— Des bons à rien ! Ils ne sont pas initiés. Vous croyez qu'ils valent mieux que moi ? Au contraire, ils se bouchent les yeux. Ils veulent croire qu'ils appartiennent au clan des gens normaux. Quelle misère !

— Mais moi, là-dedans ! s'emporta la jeune femme. Quel est mon rôle ?

— Qu'est-ce que j'en sais ? La maison a peut-être décidé d'engager elle-même un nouveau syndic ?

Le concierge partit d'un rire hoquetant qui lui empourpra le visage.

Jeanne le planta là, et gravit en quatre enjambées l'escalier qui menait au grand hall. Elle avait soudain besoin de lumière et d'air pur !

Elle retrouva la rue avec un réel soulagement. Il était 8 heures du matin, la nuit avait duré un siècle.

La voix de la raison,
les chuchotements de la folie...

Elle devait parler à quelqu'un, exposer ses angoisses à un observateur extérieur. Elle ne connaissait que le vieux libraire, Arsène Bornemanches, tapi au fond de son échoppe tel un pharaon enseveli avec son mobilier funéraire. Elle alla le trouver. Comme la première fois, il lui offrit ce thé au miel additionné de rhum, qui semblait constituer son unique nourriture.

Le chat s'écarta de Jeanne en feulant, le poil hérissé. Recroquevillé derrière sa caisse enregistreuse, Bornemanches dégageait une odeur de pisse et de vieillesse. Il écouta sans broncher, les paupières mi-closes.

Quand elle eut fini, il déclara :

— Ma petite, il s'agit de ne pas s'emballer. Je regrette de vous avoir monté la tête lors de votre dernière visite. J'ai voulu frimer, j'en suis un peu gêné aujourd'hui. Je connais bien les sectes satanistes. Neuf fois sur dix, elles relèvent du pipeau le plus absolu. Le principe est simple : un gourou joue de son charisme pour regrouper autour de lui des naïfs et des naïves. Les naïfs, il leur pique le plus de fric possible ; les naïves, il les baise. Ce n'est pas plus compliqué que ça, et ça existe depuis que le monde est monde. Pour arriver à ses fins, le maître de cérémonie emploie tous les stratagèmes imaginables, trucages, mise en scène, comparses, et surtout des drogues hallucinogènes qui vont donner à ses disciples l'illusion d'assister à des phénomènes paranormaux.

Sa voix s'enrouait, il fit une pause le temps d'avaler une gorgée de thé.

— Aujourd'hui, reprit-il, l'arsenal des psychotropes est particulièrement fourni. Si on dispose d'un contact en milieu hospitalier, on peut se procurer des produits vraiment costauds. Certaines infirmières n'hésitent pas à les dealer pour arrondir leurs fins de mois.

— Où voulez-vous en venir ? coupa Jeanne qui s'impatientait.

Elle ne comprenait rien aux subites réticences du bonhomme.

« Il prend trop de précautions, se dit-elle. On dirait qu'il a peur d'être compromis dans quelque chose qui le dépasse. La dernière fois, il me parlait du diable comme si c'était un copain d'école, aujourd'hui le voilà qui joue les esprits cartésiens. J'y pige plus rien ! »

— Ma petite, souffla le vieillard, il ne faut pas écarter l'éventualité d'une supercherie. Tout ce que vous m'avez raconté peut s'expliquer de façon rationnelle. La poupée d'envoûtement n'est qu'un mannequin d'acupuncture, la meule du diable : un simple moulin à plâtre, et ainsi de suite... Vous êtes probablement tombée entre les mains de pseudo-satanistes qui vous bourrent le crâne de fadaises.

— Mais les rêves ! protesta Jeanne. Les stigmates !

— Ne soyez pas bécasse, grasseya Bornemanches. Vos cauchemars peuvent avoir été provoqués par l'ingestion d'une substance hallucinogène. *Qui vous nourrit ?* Ivany, Tienko ! Comment pouvez-vous être certaine qu'ils ne mêlent pas des drogues à ce que vous absorbez ?

Jeanne tressaillit. Elle se rappelait soudain l'insistance d'Ivany, les petits déjeuners, les dînettes improvisées...

« Combien de sandwiches et cafés m'a-t-il offerts ? songea-t-elle. Quant à Tienko, il n'a pas été le dernier à me fourrer des paniers-repas dans les mains. »

— Vous voyez ! triompha le libraire. Il vous suffit d'y réfléchir deux secondes pour commencer à douter. S'ils vous ont droguée, il n'y a rien d'étonnant à ce que votre inconscient ait mélangé les histoires à dormir debout qui courent sur l'immeuble pour fabriquer un foutu cocktail onirique.

— D'accord, admit la jeune femme, mais ça n'explique pas les stigmates !

— Ne soyez pas bête, répliqua Bornemanches. Pendant que vous dormiez, ils ont très bien pu vous inciser superficiellement les chevilles et les poignets au scalpel. Juvia Kozac travaille dans le paramédical, il lui était facile d'user d'un anesthésique.

Jeanne retint sa respiration. Elle était troublée.

— Vos mésaventures n'ont rien d'irrationnel, insista le vieillard. Tout peut s'expliquer de manière fort simple. Vous êtes victime d'une machination.

— Mais quel serait l'intérêt d'Ivany et Juvia dans tout ça ?

— Ce sont probablement des pervers qui s'amusent à vos dépens. Qui sait ce qu'on vous inflige quand vous êtes endormie ? Vous êtes peut-être offerte à leurs disciples au cours de messes noires bidons. Ils vous prostituent à votre insu, et passent ensuite à la caisse. Comment savoir s'ils n'ont pas fait de vous leur putain occulte ?

Jeanne écarquilla les yeux.

— Les pseudo-cultes satanistes ont souvent recours à ce type de subterfuge, martela le vieux. La partouze déguisée en cérémonie démoniaque. J'imagine très bien Ivany expliquant à ses adeptes que vous êtes la petite cousine de Satan, une prêtresse en transe, ou je ne sais quelle connerie, et qu'en vous baisant, ils s'imprégneront de vos pouvoirs.

La jeune femme sentit la nausée lui chavirer l'estomac.

Bornemanches lui tapota la main.

— Je sais que ce n'est pas une perspective agréable, soupira-t-il, mais je connais ce genre de cocos. La plupart des femmes nourrissent un attrait farouche pour les disciplines occultes, et ces salo-

138

pards s'en servent. Vous êtes inquiète, soit, mais quelque part au fond de vous, les mystères de la maison Van Karkersh vous excitent. Vous avez envie de savoir, de continuer... C'est plus fort que vous. Vous pourriez ficher le camp, mais vous restez. En sortant d'ici, vous allez y retourner, j'en suis sûr, alors qu'il vous serait possible de tourner les talons et de ne plus jamais remettre les pieds là-bas.

— Je n'ai nulle part où aller, riposta Jeanne. Je n'ai pas un sou.

— D'accord, ricana le libraire, admettons l'argument. Mais je puis vous offrir l'asile de mon arrière-boutique. Vous dormirez au milieu des cartons de livres, sur un lit de camp. Ça ne me dérange pas.

Jeanne hésita.

— Vous voyez ! triompha Bornemanches, vous ne saisirez pas la perche, je le sais. C'est plus fort que vous.

— Parce que je suis envoûtée, lâcha la jeune femme.

— Mais non, vous n'êtes pas plus ensorcelée que ce radiateur électrique ! Seulement, ce qui se passe là-bas vous émoustille, ça met du piment dans votre vie. Vous allez peu à peu vous retrouver complice d'une arnaque dont vous êtes la victime plus ou moins consentante. Ça se passe toujours de cette manière. Les types comme Ivany le savent bien.

Jeanne tripotait le gobelet de thé refroidi. Il y avait du vrai dans les théories du libraire, mais elle continuait à s'étonner de son revirement brutal. Tant d'incrédulité après tant de ferveur occulte ! C'était suspect.

« Est-ce une ruse pour tenter de m'éloigner de la maison ? se demanda-t-elle. Espère-t-il me protéger malgré moi, m'éloigner des Van Karkersh en agitant l'épouvantail de la prostitution ? »

— Et s'il ne s'agissait pas d'arnaqueurs, fit-elle en fixant le vieillard dans les yeux. Si j'avais affaire à de *vrais* satanistes ?

Bornemanches parut se rabougrir sur son siège.

— Alors ça, dit-il d'une voix mourante, ce serait le pire qui puisse vous arriver. Les satanistes convaincus n'hésitent pas à pratiquer des sacrifices humains. Ils utilisent pour ce faire des marginales, des filles à la dérive. Les mêmes proies faciles qui servent aux producteurs de *snuff movies*. Personne ne se soucie des femmes assassinées. Elles sont sans attaches, sans travail, sans adresse fixe. Souvent, elles viennent des pays de l'Est. Entrées en fraude, elles n'ont aucune existence administrative.

— Je corresponds plutôt bien à ce portrait, observa Jeanne. Je n'ai plus de travail depuis longtemps, je ne paie pas d'impôts, j'ai suffisamment brouillé les pistes par mes déménagements à la cloche de bois pour ne plus figurer sur les registres de l'administration. Je n'ai pas de famille à part quelques cousins éloignés que je n'ai pas revus depuis quinze ans. Pas d'amis, pas d'amant... Si je disparaissais, personne ne s'en rendrait compte.

— Vous avez le profil type du « fantôme », marmonna Bornemanches. La candidate parfaite. Je vous le répète : tirez-vous de ce guêpier avant que les choses ne tournent mal. Ne vous laissez pas hypnotiser par ces gens-là.

— Vous voudriez que j'aille voir la police ?

— Non, la police ne vous croirait pas. C'est couru d'avance. On vous prendrait pour une cinglée. Vous manquez de références sérieuses. La seule solution, c'est la fuite.

Jeanne se leva.

— Je vais réfléchir, murmura-t-elle.

Arsène Bornemanches haussa les épaules et attira son chat sur ses genoux. Son regard signifiait : « Je m'en lave les mains. »

Le silence des jungles terrifiées

Les mots *Jardin zoologique* avaient presque disparu sous le ravinement des pluies. L'arche de brique surplombant l'entrée avait l'air d'un vestige archéologique fraîchement exhumé. Une misérable guérite vitrée tenait lieu de guichet, sarcophage vertical qu'obturait un *Hygiaphone*[1] étoilé de fêlures.

Jeanne s'arrêta un moment devant la « caisse », mais le réduit était vide. Un rouleau de tickets achevait de se racornir derrière la vitre, telle une mue de serpent oubliée au fond d'un vivarium.

La jeune femme haussa les épaules et s'engagea dans l'allée principale. Le remugle des cages mal entretenues la frappa de plein fouet, et elle se masqua le bas du visage avec la main. Les barreaux rouillés des cages formaient une longue haie de part et d'autre de la travée caillouteuse. Des bêtes peureuses, aux poils collés, à la queue pendante, s'y tenaient prostrées. Leur immobilité était telle qu'on avait envie de leur jeter des cailloux pour s'assurer

---

1. Dispositif rudimentaire qui, en juxtaposant deux vitres, protégeait les caissiers des microbes véhiculés par l'haleine des clients.

qu'il ne s'agissait pas d'animaux empaillés. Quelques félins mités, au museau grisonnant, piétinaient, oreilles couchées, tête rentrée, attendant on ne sait quelle délivrance.

Jeanne se sentit écrasée par tant de misère physique. Le sol des cellules disparaissait sous les excréments et les débris alimentaires. Même les singes restaient silencieux, immobiles, agglutinés en troupe frileuse.

« Qu'est-ce que je fiche ici ? se demanda Jeanne. Je devrais tourner les talons et me tirer aussi vite que possible. »

Les regards anxieux des pauvres bêtes semblaient lui crier de ne pas aller plus loin. Ce n'était pas la captivité qui avait émoussé l'agressivité des fauves, mais quelque chose de plus sournois. Une sorte de voisinage néfaste dont l'irradiation enveloppait le zoo dans une aura de malaise.

Et les animaux ne s'y étaient pas trompés, eux qui, jadis, avaient connu l'angoisse des prédateurs, l'horreur des silences subits qui tombent sur les jungles comme un signal d'alerte. Derrière les grilles, les barreaux, encagées, acculées dans l'impasse des geôles putrides, les bêtes avaient flairé la présence d'un être affamé et mauvais. Un pachyderme immobile dont la masse leur bouchait l'horizon.

Cette chose ne bougeait pas, mais on la sentait pleine d'une vie grouillante et larvée, hérissée d'une rage froide, d'une colère permanente... Elle était là, au bout du chemin, dominant le jardin zoologique sur lequel elle jetait parfois son ombre cubique.

Et cette chose, *c'était la maison Van Karkersh...*

Les animaux ne la nommaient pas, bien sûr, mais ils en connaissaient l'odeur. La captivité s'était changée pour eux en l'attente perpétuelle d'une catastrophe inconnue. Ils savaient tous qu'un jour ou l'autre le monstre sortirait de sa léthargie, alors il écraserait le zoo de sa formidable colère, et ils tremblaient à cette seule idée.

Jeanne s'ébroua. La peur inerte des pensionnaires pelés déteignait sur elle. Mais il était difficile d'ignorer l'hôtel particulier contre lequel s'adossaient les dernières cages.

« Pourquoi suis-je venue ici ? pensa-t-elle. Dans l'espoir de prendre l'immeuble à revers ? »

Elle voulut s'asseoir sur un banc mais la pluie l'avait parsemé de petites flaques, elle continua. Un babouin au poil gris se dandinait d'une jambe sur l'autre, comme un idiot de village. Son regard vide faisait penser à la fixité des yeux artificiels trouant le crâne de certaines poupées.

« C'est une marionnette, songea la jeune femme, un pantin sur lequel on a collé du crin de cheval. Tous les animaux qui m'entourent sont des automates conçus pour répéter à l'infini les mêmes gestes. Le zoo est une création de Van Karkersh, un divertissement d'horloger fou. Même l'odeur est probablement factice ! »

Elle se passa la main sur le visage. Sa nuit

blanche la faisant déraper dans l'absurde. Les révélations de Tienko lui paraissaient déjà floues. Avait-elle vraiment vécu cette descente aux catacombes ? D'ailleurs qu'y avait-il d'extraordinaire à cela ? Le sous-sol de la ville regorgeait de cavernes, et il n'était pas rare d'y trouver le rebut d'un cimetière rayé de la carte pour insalubrité ou encombrement. Des milliers d'os avaient échoué sous les fondations de la maison Van Karkersh, soit, mais de là à prétendre que le bâtiment avait été construit au « ciment cadavérique », il y avait tout de même un pas.

Elle en était là de ses réflexions quand elle aperçut Juvia Kozac. La grande femme blonde était sanglée dans un trench-coat froissé. Les cheveux roulés en chignon, elle se tenait la tête levée, contemplant le balcon de fer forgé qui dominait la cage des tigres. Jeanne voulut tourner les talons, mais la masseuse, se sentant observée, baissa les yeux sur elle.

Décontenancée, Jeanne se composa un sourire mécanique. Juvia ne semblait guère plus à l'aise. Surprise à l'affût, elle ne put s'empêcher de rougir, et un tic nerveux déforma un court instant sa lèvre supérieure.

— Bonjour, dit simplement Jeanne. Je n'ai rien payé pour entrer. Il n'y avait pas de gardien au guichet.

— Il n'y a jamais personne, confirma Juvia en détournant les yeux, l'homme à tout faire a 75 ans et il boit. Cela explique l'état des lieux.

— Ce ne serait pas le frère jumeau de Tienko, par hasard ? attaqua Jeanne.

Juvia Kozac battit des paupières. À présent, elle était pâle.

— Ne faites pas trop attention aux propos de Tienko, murmura-t-elle, il n'a plus sa tête. On le garde par pitié. Dans sa jeunesse il ingurgitait un litre d'absinthe par jour. C'est un miracle qu'il soit encore vivant. Il devrait figurer dans le Livre des Records.

— Il m'a emmenée aux catacombes, lâcha Jeanne tout à trac.

— Oh ! s'esclaffa Juvia, j'espère que vous lui avez donné un bon pourboire. C'est sûrement ce qu'il espérait.

— Comment ?

— Le coup des catacombes ! renchérit la masseuse. Chaque nouveau locataire y a droit. Tienko a une vocation rentrée de gardien de musée. Si ça ne tenait qu'à lui, il se coifferait d'une casquette à galon doré ! Je suppose qu'il vous a débité d'horribles histoires sur l'origine de la maison ? L'église des druides maudits ? Le ciment du diable, et autres foutaises ?

— En gros, oui...

— Il en rajoute à chaque nouvelle cuite. Un jour, il aura une crise de *delirium* et foutra le feu à la baraque.

— Il m'a raconté que vous étiez les arrière-petits-enfants du vieux Van Karkersh, c'est aussi du *delirium* ?

Le regard de la femme blonde se troubla.

— Non, souffla-t-elle, ça, c'est vrai.

Elle eut une crispation douloureuse, comme si une lutte intérieure la déchirait.

— Non, répéta-t-elle, c'est vrai, et c'est parfois dur à porter. Van Karkersh était dingue, vous savez ? Il croyait qu'en servant la maison il pourrait établir un contact avec l'au-delà. Il cherchait un moyen de communiquer avec les esprits, il avait essayé avec des médiums, mais ça ne marchait pas. Il voulait une sorte de... *secrétaire,* de sténodactylo des ténèbres. Il disait « un scribe ». Quelqu'un qui soit capable d'écrire sous la dictée d'une puissance occulte. Du délire !

Elle esquissa un geste d'impuissance.

— Le téléscripteur de l'au-delà, gloussa-t-elle avec une mimique sinistre, vous imaginez un peu ?

— Mais de quoi parlez-vous ? s'inquiéta Jeanne.

— Des recherches de Grégori Van Karkersh, s'impatienta Juvia Kozac. J'essaye de vous en donner une description objective avant que Tienko ne vienne vous bourrer le crâne avec une autre histoire à dormir debout.

Elles étaient toutes les deux face à face, au carrefour des deux allées maîtresses ; entre les cages aux barreaux rougis le zoo silencieux paraissait les écouter. Instinctivement Juvia baissa la voix.

— Ivany vous a parlé des statues farcies de squelettes ? souffla-t-elle. C'était un premier essai. Une manipulation grossière d'apprenti sorcier tâtonnant. Van Karkersh voulait modeler un homoncule à par-

148

tir du ciment « sacré » des catacombes. Une espèce de golem. À chaque fois, bien sûr, il échouait. Alors il recommençait. Comme il avait peur de commettre un sacrilège en détruisant les statues, il a imaginé d'en truffer les jardins publics. Une idiotie de plus.

— Un golem ? observa Jeanne. Vous voulez dire une espèce de statue animée, vivante... C'est donc pour ça qu'il se passionnait pour la sculpture.

— Oui. À la fin de sa vie il prétendait avoir réussi. Il avait perdu la tête. Il a entraîné tout le monde dans sa folie, ma grand-mère, ma mère, ses neveux. Son magnétisme finissait par abolir le sens critique de ceux qui vivaient à son contact. C'est une histoire plutôt lamentable. Ma mère s'est suicidée quand j'avais 16 ans, celle d'Ivany a été internée dans un asile psychiatrique. Le vieux leur en avait tellement fait voir qu'elles se réveillaient la nuit en hurlant son nom !

Elle déglutit avant d'ajouter :

— Vous comprenez qu'on n'ait guère envie d'étaler au grand jour de tels liens de parenté ! C'est pour ça qu'Ivany et moi nous faisons passer pour de simples locataires. Nous ne sommes pas des criminels, plutôt des victimes.

Elle remonta le col de son trench-coat.

— Oubliez tout ça, fit-elle en tournant les talons. Tienko a le cerveau pourri par l'alcool. Dans deux ou trois jours Ivany aura fini son mannequin, vous lui direz au revoir et vous ne penserez plus à ces foutaises. Je n'aurai pas cette chance. Jamais.

Elle s'éloigna. Ses talons crissaient dans les gra-

viers. Jeanne leva la tête pour examiner le balcon.
D'en bas, il paraissait encore plus monumental avec
ses balustres en fût de canon. Il s'accrochait à la
façade telle la passerelle de commandement d'un
formidable navire de guerre.

Au sixième étage, juste dans l'axe, Jeanne aperçut la fenêtre de sa chambre. La seule dont les volets
étaient ouverts. Une vilaine pensée lui traversa
l'esprit : « Il suffirait de cinq ou six mètres de corde
pour se laisser glisser sur le balcon. Ensuite, en cassant une vitre... »

Non, il ne fallait pas penser à de telles choses !
Surtout pas. Et pourtant elle était persuadée que la
solution de l'énigme se cachait dans l'appartement
cadenassé du vieux Van Karkersh. Juvia Kozac elle-
même en était consciente, sinon pourquoi serait-elle
venue contempler le balcon depuis le jardin zoologique ? Qu'attendait-elle pour investir les lieux ?
Peut-être d'en avoir le courage, tout simplement.

« Une corde, se répéta Jeanne, il suffirait de l'attacher à la barre d'appui du sixième et de se laisser
couler. »

Trois ans auparavant elle avait passé l'été à faire
de la varappe dans les Vosges ; elle se sentait de
taille à descendre le long d'une façade. Elle avait
remarqué que les volets du balcon n'avaient pas été
tirés, il serait donc facile de découper un carreau
sur la porte-fenêtre.

Facile ? Que découvrirait-elle de l'autre côté ? La
chambre du dépeçage ? L'atelier à golems ? Tout un
univers de crimes et de folie ?

« Il faut vider l'abcès, songea-t-elle, sinon j'irai rejoindre la mère d'Ivany dans son asile. Je dois me défaire de l'emprise de la maison. »

Jusqu'à présent elle avait subi, maintenant il lui fallait passer à l'action, précipiter les choses. Prise entre les ululements de Tienko et le bourdonnement apaisant de Juvia, elle ne savait plus qui croire.

« Ce soir ! décida-t-elle, ce soir je saurai ! »

Elle tourna le dos à l'hôtel particulier et marcha vers la sortie du zoo.

Une demi-heure plus tard, elle se rendit dans un bazar, acheta six mètres de corde et un diamant de vitrier. En quittant le magasin, la fatigue lui tomba sur les épaules et elle entra dans un bistrot pour avaler un café.

Enfoncée dans la banquette de moleskine, elle s'endormit sans même avoir conscience qu'elle basculait dans le sommeil. Les bruits de la rue s'estompèrent, remplacés par une voix féminine, chuchotée, et insistante. Une voix de commandement qui savait se faire obéir sans jamais élever le ton.

— Plus vite ! disait Hortense, *il faut que tout soit fini pour 9 heures*. Changez d'outil si vos lames s'émoussent.

— Ma tante ! gémit un adolescent, pourquoi me regarde-t-il encore ? Maintenant qu'il n'a plus de membres il devrait être mort.

— *Tais-toi, et coupe !* ordonna Hortense.

— Mademoiselle, Mademoiselle ! cria le garçon en secouant Jeanne par l'épaule, vous êtes blessée ? Vous saignez... Vos poignets !

Jeanne se redressa d'une secousse. Le cœur battant, aveuglée par la lumière de la rue, elle fit un effort désespéré pour se rappeler où elle se trouvait.

— Vos poignets ! insista le garçon en lui bandant les mains avec son torchon. Vous n'avez pas essayé de vous suicider, au moins ?

Jeanne battait des paupières, engourdie de fatigue. Soudain elle vit ses bras sanglants sur le marbre de la table... Deux entailles faisaient le tour de ses poignets, lui dessinant des bracelets d'où gouttait le sang. Elle crut qu'elle allait s'évanouir.

— Appelez Police-secours ! hurla le serveur à quelqu'un qui se tenait derrière le bar. C'est une cinglée, elle a voulu s'ouvrir les veines.

— Mais elle n'a pas de rasoir, remarqua un curieux qui s'était approché. Ni rasoir ni couteau. Avec quoi s'est-elle fait ça ?

Rassemblant ses forces, Jeanne repoussa le garçon et s'élança dans la rue. Personne ne tenta de la rattraper.

Elle courut jusqu'à ce que le souffle vienne à lui manquer.

L'armée des gnomes

Un peu plus tard, dans sa chambre, elle se lava les mains et les avant-bras sous le jet du robinet. Une douleur lancinante lui sciait les poignets. Le coup de lame (?) avait entamé sa chair sur une profondeur d'un millimètre, ne causant aucun dommage sérieux. C'était tout au plus une grosse estafilade mais sa présence creusait un abîme d'interrogations. Le fait que la chose se fût passée en pleine ville, dans un lieu public, à la faveur d'un bref assoupissement rendait le phénomène encore plus inquiétant.

Jeanne savait désormais que Hortense et ses bouchers en deuil la guettaient à chaque détour du sommeil, que la moindre minute d'inconscience serait comme une acceptation tacite. Une invite au dépeçage. Si elle ne voulait pas se réveiller manchote ou unijambiste, elle était condamnée à l'insomnie. Une telle stratégie ne constituait qu'une solution d'attente. Tôt ou tard la fatigue la rattraperait, la forçant à fermer les paupières. *Et alors...*

Elle devait passer à l'action. Le plus vite possible,

pour désamorcer l'incompréhensible machine qui se mettait en place. Elle ne cherchait plus à raisonner, seul l'instinct de survie la guidait encore. Les stigmates n'étaient probablement qu'une manifestation hystérique fabriquée par son esprit, soit, mais elle avait choisi d'ignorer cette solution « optimiste ». Si elle voulait s'en tirer, il lui fallait considérer la menace avec le plus grand sérieux, « faire comme si... » et prendre pour axiome que d'étranges assassins fantômes la guettaient, embusqués aux détours de ses rêves, pour la débiter en quartiers.

Elle banda ses poignets avec deux lanières de tissu arrachées à un drap. Il était midi.

Comme elle ne voulait plus courir le risque de s'assoupir, elle descendit chez Ivany.

Le sculpteur ne lui posa aucune question. Il avait les yeux cernés, et sortait manifestement d'une nuit blanche.

« Rêve-t-il aussi qu'on le dépèce ? pensa soudain Jeanne, la maison se venge-t-elle sur tous ses locataires de la défection du vieux Van Karkersh ? »

En observant le visage lourd, grisâtre de l'artiste, elle se rappela les yeux rouges, les traits tirés de Juvia Kozac. Des têtes d'insomniaques ! Des faces torturées par l'angoisse et la fatigue. Peut-être connaissaient-ils le même calvaire ? La peur de succomber au vertige des paupières de plomb... *et de se réveiller avec un moignon en guise de membre ?* Ce calvaire se reproduisait sans doute chaque année à la date anniversaire du dépeçage.

154

Il...

Sans s'occuper d'Ivany, elle courut dans la salle de bains et se passa de l'eau sur la figure pour recouvrer ses esprits.

Des hypothèses, toujours des hypothèses...

Elle se dévêtit. Le sculpteur avait préparé du café, elle en but plusieurs tasses. Ivany tira un petit flacon de la poche de sa blouse, le décapsula et fit rouler dans sa main deux gélules rosâtres. Jeanne avait eu le temps d'identifier l'étiquette.

— Amphétamines ? observa-t-elle.

Ivany bougonna. La jeune femme tendit la main de manière autoritaire.

— Donnez-m'en deux, ordonna-t-elle.

Le sculpteur hésita puis lui tendit le flacon. Jeanne captura habilement cinq cachets, n'en avala que deux et conserva les autres dans sa paume. Elle en aurait besoin ce soir, pour monter la garde sur les remparts du sommeil. Ivany se détourna et alla prendre ses outils. Jeanne lui trouva la dégaine maussade d'un acteur qui ne croit plus à son rôle.

« Il sait que j'ai tout deviné, se dit-elle, la comédie des pseudo-mannequins japonais ne sert plus à rien ! Il doit pourtant continuer ; donner le change. Me forcer à rester le plus longtemps possible. »

En l'examinant, elle découvrit qu'il avait la barbe et les cheveux saupoudrés de farine. Du plâtre, sans doute. Du plâtre... *ou de la poussière d'os*. Une image jaillit dans son esprit : celle du sculpteur tournant le moulin à ossements au fond des catacombes, travaillant la nuit pour remplir quelques sacs de poudre maudite.

« Est-ce pour cela qu'il a si souvent mal aux reins ? » se demanda-t-elle.

Et s'il... et s'il avait repris à son compte les travaux de Van Karkersh ? Et s'il essayait, lui aussi, de construire le fameux golem évoqué par Juvia ?

Jeanne s'agita.

Et si Juvia n'avait joué les victimes que pour mieux la duper ? Quelle combinaison les deux cousins avaient-ils mise sur pied ? Essayaient-ils, par des manipulations approximatives, de faire dévier la colère de l'immeuble ou de reprendre le contrôle des forces déchaînées par le vieux Van Karkersh ?

Cet écheveau d'hypothèses lui donnait la migraine. Tous ! Ils portaient tous des masques ! Elle ne pouvait se fier à aucun d'eux.

La séance de pose se déroula dans une ambiance lourde qu'accentuait le mutisme de l'artiste. Les amphétamines commençaient à faire effet et une excitation « électrique » s'emparait du cerveau de Jeanne, donnant à ses pensées les plus banales une fulgurance illusoire.

Ils s'arrêtèrent à 14 heures, mangèrent en silence et travaillèrent encore une heure. Les doigts d'Ivany avaient scrupuleusement reproduit le torse et les hanches de Jeanne. Sa sculpture était plus fidèle qu'un moulage. Il n'y manquait rien.

— Je travaillerai le grain de la chair avec de la peau d'orange, expliqua-t-il en s'essuyant les mains. C'est un vieux truc des modeleurs sur cire.

Jeanne alla prendre une douche et se rhabilla. Ivany l'attendait dans l'entrée. Comme de coutume il lui glissa quelques billets.

— Excusez-moi, murmura-t-il, je n'étais pas en forme. Nous sommes tous nerveux ces temps-ci. De vieux relents de superstition. Juvia et moi avons eu une enfance perturbée. On ne peut pas comprendre quand on voit ça de l'extérieur.

Jeanne eut envie de lui lancer :

« Évidemment, participer au dépeçage de son arrière-grand-père quand on a 10 ans, ça laisse des traces ! » Mais elle se retint. Elle devait rester prudente et jouer les idiotes. Si elle ne faisait pas de scandale, ils se méfieraient moins. Elle sortit.

Elle remonta dans sa chambre, verrouilla sa porte et attendit la nuit.

La corde était là... jetée sur le lit. Il suffisait de patienter jusqu'à ce que l'obscurité emplisse le ciel. Alors, Jeanne ouvrirait la fenêtre, jetterait le filin dans le vide. En quelques tractions elle serait sur le balcon. *Ensuite*... Ensuite elle plongerait dans l'inconnu. Au cœur du passé. Un passé qui, si elle se référait aux rêves qui l'assaillaient, restait terriblement actuel.

Quelque chose dormait sous ses pieds, dans l'appartement de Grégori Van Karkersh, une *créa-*

ture hibernant depuis des années et dont les réveils sporadiques se traduisaient par un flot de rêves prédateurs. Une entité qu'on ne pouvait côtoyer longtemps sans faire connaissance avec la pire des morts.

Jeanne alla s'asseoir près de la fenêtre ouverte. Le zoo était figé dans un silence craintif, comme d'ordinaire.

Pendant plusieurs heures elle déploya une énergie considérable pour lutter contre l'assoupissement. Chaque fois qu'elle piquait du nez, elle se levait d'un bond, allait s'asperger le visage à l'eau froide et se giflait devant la glace.

Quand la nuit s'installa, Jeanne avala deux cachets d'amphétamines. La corde lovée sur le lit semblait l'accessoire principal d'une pendaison programmée. Il émanait d'elle une aura sinistre. Des images traversaient l'esprit de la jeune femme : *une cagoule noire, un nœud coulant qu'on serre... Une trappe qui bascule.*

Elle posa la main sur le filin, comme on saisit à la nuque un chat qui se prépare à bondir. Le rouleau était lourd, rigide ; il écorchait les paumes. Jeanne confectionna un superbe nœud marin sur la barre d'appui de la fenêtre. Se penchant dans le vide, elle laissa ensuite se dérouler le cordage qui heurta le balcon avec un bruit mat.

Voilà, elle était à pied d'œuvre. Par ce simple geste elle venait de jeter une passerelle entre deux mondes étrangers. Pirate dérisoire, elle partait à l'abordage de l'inconnu. Elle attaquait le vaisseau fantôme.

Elle cracha dans ses mains et enjamba la rambarde.

Une petite pluie fine la transperça aussitôt, lui piquant mille aiguilles de glace sur le front et les pommettes. Jeanne prit une inspiration, saisit la corde et commença à descendre. Ses pieds dérapaient sur la façade et son propre corps pesait une tonne. Des crampes s'installèrent dans ses bras, ses épaules. Elle haletait, le souffle court, le cœur cognant aux tempes. Pour comble de malheur son pied glissa sur le crépi, et le mouvement de pendule de la corde lui fit heurter la façade. Elle se cogna le front, vit exploser une myriade d'étincelles. Elle crut qu'elle allait s'évanouir, lâcher le filin et rebondir sur la rambarde du balcon pour s'empaler sur la grille de la cage aux fauves ! Horrible ironie ! Il lui semblait déjà entendre le rire caquetant de Tienko. Voulant pénétrer les secrets de Van Karkersh, elle n'aurait réussi qu'à singer sa mort !

Elle s'ébroua. L'averse redoublait. L'air sentait le zinc, l'ardoise et la pierre mouillée. Des rigoles avaient séparé ses cheveux en mèches ruisselantes. Paquet grelottant, elle restait cramponnée à mi-trajet, oscillant sous les bourrasques. Une gouttière crevée lui déversait sa cascade sur l'épaule droite.

Ses muscles crispés vibraient de douleur. Elle n'avait plus la force de remonter. Les éléments s'acharnaient sur elle comme pour lui interdire de persévérer dans son entreprise. Elle allait tomber d'une seconde à l'autre, elle le devinait. D'abord il y aurait le choc du rebond sur la barre d'appui, ensuite le déchirement des grilles acérées, en bas. Elle s'imagina, pantelante, empalée. Les côtes brisées, le ventre transpercé par les piques des barreaux. La pluie délayerait son sang, et des gouttes rosâtres tacheraient la fourrure des fauves massés au-dessous d'elle. Elle n'aurait pas la chance de mourir sur le coup, bien sûr, et il y avait fort à parier qu'elle serait parfaitement consciente quand la première griffe se ficherait dans sa cuisse.

Elle hurla, secoua la tête et se mit à glisser le long de la corde gluante. Le chanvre lui arracha la peau des mains. Elle atterrit sur le ciment du balcon, se tordit les chevilles tel un parachutiste maladroit, et tomba à genoux. Un éclair lézarda le ciel, allumant des reflets sur les vitres des grandes fenêtres.

Jeanne se redressa péniblement. Ses paumes à vif lui faisaient mal, la corde fouettait la façade, éveillant un écho sourd sur les volets clos. La jeune femme chercha dans sa poche le diamant de vitrier acheté quelques heures plus tôt. Les carreaux des portes-fenêtres paraissaient coulés dans du marbre noir. L'outil crissait sur le verre sans parvenir à l'entamer. Jeanne le saisit à deux mains, pesa de tout son poids. La vitre mouillée faisait déraper la pointe. Elle pleura de rage. La corde, chassée par le vent, la cingla entre les omoplates, lui arrachant un cri de surprise. Le diamant tomba sur le sol, dans l'obscurité.

Alors qu'elle se baissait pour le chercher à tâtons, le filin la frappa une seconde fois en travers des fesses, avec une méchanceté vicieuse. Elle renonça. Se servant de sa chaussure, elle entreprit de casser le carreau. Le bruit de l'orage couvrit le fracas.

Le verre explosa dans une pluie d'éclats. Jeanne plongea la main dans le trou. Elle tâtonna un instant, trouva la crémone et la tourna. Un coup d'épaule suffit à ouvrir le vantail.

Elle s'immobilisa, au seuil d'une nuit opaque et lourde. Une odeur de moisissure la frappa au visage. Un relent de tombeau éventré par la foudre. Elle leva instinctivement les mains pour se protéger d'un éventuel prédateur, puis réalisa que ses paumes sanglantes ne pourraient qu'attiser l'appétit de la créature... si créature il y avait.

Elle resta ainsi une minute, dans une attitude de petite fille implorante. Son esprit patinait. Elle ne savait plus ce qu'elle faisait là. Seule comptait cette muraille d'encre. Cet abîme dissimulé sous le maquillage fragile des murs. Elle avait peur. Elle venait de s'arrêter à l'entrée d'une *tanière*. Ici la nuit était plus noire que partout ailleurs. On la sentait rétractée, nouée. Jeanne perçut le contact des ténèbres sur ses paumes déchirées. Cela résistait, comme une peau molle, un peu moite.

Les plaies de ses poignets et de ses chevilles lui firent soudain très mal.

« Elles vont s'approfondir, songea-t-elle terrifiée, je vais rouler sur le sol, amputée par magie, et l'on me retrouvera exsangue, sans pieds ni mains... »

La corde lui gifla la joue. Elle fit un écart qui la projeta à l'intérieur de l'appartement. Un éclair lui révéla une enfilade de pièces vides. Cette nudité la décontenança. Puis elle réalisa que les héritiers s'étaient probablement disputé jusqu'à la dernière fourchette, laissant derrière eux un local désert, une dizaine de chambres que l'absence de meubles peuplait d'échos disproportionnés.

Elle fouilla dans ses vêtements trempés, en extirpa une torche au halo trop étroit. Pourquoi n'avait-elle pas pensé à acheter un gros boîtier à réflecteur ? Une lampe de veilleur de nuit capable d'effacer les ombres opiniâtres agglutinées dans les coins ?

Le parquet craquait. Chaque pas sonnait comme un coup de cravache.

Jeanne fit décrire un cercle complet au pinceau de lumière. Elle tressaillit en voyant surgir de l'obscurité trois naines livides qui la dévisageaient de leurs yeux révulsés. Puis elle distingua le socle sur lequel leurs pieds se réunissaient. *Il s'agissait d'une sculpture !* Dieu ! elle avait été à deux doigts de la crise cardiaque.

Les trois statues représentaient des fillettes nues. L'une se cachait les yeux, la deuxième se masquait le bas du visage avec sa main ouverte. La dernière semblait se boucher les oreilles à l'aide des paumes...

« Ne rien voir, ne rien dire, ne rien entendre »,

récita mentalement Jeanne. Une allégorie du secret de la sagesse, sculptée avec un soin maniaque du détail. C'était une œuvre sans originalité, mais Jeanne ne pouvait se résoudre à lui tourner le dos.

Un malaise grandissant lui comprimait la poitrine. Les naines de pierre dardaient sur elle la fixité de leurs yeux creux. Ils semblaient absorber la lumière de la torche comme une éponge aux propriétés inconnues.

Jeanne se mordit les lèvres. Elle venait de constater, avec une certaine gêne, que les têtes couronnant les corps impubères avaient les traits de femmes adultes. Des femmes jeunes, soit, mais des femmes tout de même...

Ces visages, rapportés sur des corps de petites filles, avaient quelque chose de malsain. Les lèvres sensuelles contrastaient avec les torses plats, les ventres glabres. On y sentait une affreuse caricature de la création et de l'ordre des choses. Les petites mains aux doigts graciles se plaquaient sur ces visages épanouis, pleins d'une langueur paresseuse.

« On dirait..., songea Jeanne, on dirait des femmes repues, qui viennent tout juste de faire l'amour. »

Elle grimaça. Ces lèvres entrouvertes, ces bouches épaisses, gonflées par les morsures, ces paupières lourdes, tout évoquait l'aube se levant sur le champ de bataille d'un lit aux draps tachés. On avait sculpté le trio avec une intention louche, une volonté de souillure. Trois têtes de courtisanes épuisées par une nuit de joutes sexuelles emmanchées sur trois corps enfantins. Fallait-il chercher plus loin la signature de Van Karkersh ?

Jeanne serra les mâchoires. Une hypothèse déplaisante l'assaillait soudain. *Les visages de pierre n'étaient-ils pas ceux des sœurs Corelli ?* Cécile, Hélène, Colette... les trois mortes des chambres 9, 10, 11 ?

Pendant deux secondes, Jeanne fut sur le point de rebrousser chemin.

« La première s'est empoisonnée. La deuxième s'est tiré une balle dans l'œil gauche. La dernière s'est pendue... » Elle ne pouvait s'empêcher de relever d'étranges similitudes entre les attitudes des statues et les suicides des trois hystériques !

Ainsi, cette naine qui portait la main à sa bouche, n'était-ce pas Cécile avalant le cachet empoisonné remis par Tienko ?

La statuette aux doigts tendus de part et d'autre des oreilles ne représentait-elle pas Colette glissant autour de sa gorge le lacet d'un bourreau embusqué dans son dos ?

... Et cette autre, aux yeux cachés ? Fallait-il y voir l'ultime image d'Hélène, foudroyée par la balle, et esquissant un geste de défense ?

Jeanne se mordit l'ongle du pouce. Les trois statues se dressaient au seuil du salon comme un panneau indicateur truqué chargé d'égarer les promeneurs.

— Et si, balbutia Jeanne, et si celle qui se masque la bouche cherchait en fait à se défendre contre un agresseur s'évertuant à lui faire avaler de force une dragée de poison ?

Elle réprima un frisson. La même démarche pouvait s'appliquer aux autres membres du trio. *Les mains sur les oreilles ?* Une tentative pour repousser un nœud coulant. *Les paumes sur les yeux ?* Un réflexe d'horreur devant la gueule du revolver qu'on découvre soudain braqué à dix centimètres de son visage.

— Mon Dieu ! Tout est à double sens, gémit Jeanne, les lèvres tremblantes.

Qu'avait-on sculpté ? Un suicide librement consenti... ou une exécution sommaire perpétrée par la surprise, et contre la volonté des victimes ?

Le trio de marbre était une énigme. Un jeu pervers avec les apparences. Une devinette en trois dimensions. Les visages épanouis de béatitude venaient souligner ces ambiguïtés d'un trait moqueur. Ces figures blêmes et languides semblaient chantonner « Devine ! Devine ! » d'une insupportable voix acidulée.

Sous le ciseau de Van Karkersh, les sœurs Corelli s'étaient changées en gnomes sournois. Elles semblaient se prélasser dans la mort comme sur un lit d'amour où l'on s'étire langoureusement.

Le trio de marbre s'entourait d'une gourmandise macabre. La chanson des trois mortes s'obstinait à résonner dans l'esprit de Jeanne : « Devine ! Devine ! »

Personne ne connaîtrait jamais le secret de la maison Van Karkersh, elle en eut tout à coup la conviction. Il subsisterait toujours des doutes, des fausses pistes, des hypothèses multiples. Le vieux fou en avait décidé ainsi.

« Devine... »

Jeanne esquissa un geste pour se boucher les oreilles, mais cette attitude lui en rappela aussitôt une autre — par trop sinistre ! —, aussi s'empressa-t-elle de baisser les bras.

Quittant la pièce, elle s'engagea dans un couloir. Dans le halo de la lampe, la poussière semblait du velours gris. Les chambres vides succédaient aux chambres vides.

Qu'avait-on fait des meubles, de l'argenterie, de la vaisselle ? S'était-on partagé le butin... ou bien tout cela avait-il fini au fond d'une chaudière, d'une décharge ?

Hortense avait peut-être cru exorciser l'appartement en détruisant les possessions de son père ?

Jeanne s'immobilisa. Trompée par l'obscurité, elle n'avait pas remarqué de prime abord ce qui constituait la singularité des lieux. En frôlant une cloison, elle s'aperçut que la texture des parois était anormalement rugueuse. La lampe de poche lui permit de vérifier qu'elle ne se trompait pas : *les murs de l'appartement étaient constitués de gigantesques tableaux noirs !* Des tableaux comme on en trouve dans les écoles, mais qui s'étiraient ici du sol jusqu'au plafond.

La jeune femme retint son souffle. Chaque pièce était pareillement équipée. Des tableaux noirs de six

166

mètres sur trois remplaçaient les cloisons, et cet agencement formait une écritoire labyrinthique se cassant à angle droit en fonction de la topographie des pièces. Jeanne frôla du bout des doigts la surface rêche dont elle ne comprenait pas l'utilité.

L'orage lui paraissait venir d'une autre planète. Le bout du couloir, le balcon appartenaient à un univers étanger. Des milliers de kilomètres la séparaient de la corde fouettant la façade.

— Je n'aurai jamais la force de faire demi-tour, murmura-t-elle.

Dans la pièce du fond, elle découvrit les gnomes... Une multitude de statuettes crayeuses posées à même le sol, et qui pointaient vers elle un index accusateur.

Elle faillit perdre son sang-froid.

Les figurines n'excédaient pas trente centimètres, mais il émanait d'elles une impression de méchanceté qui coupait le souffle. Leurs mains tendues paraissaient s'être figées deux secondes plus tôt, au terme d'un mouvement de rage.

« On dirait... On dirait qu'elles essayent de transpercer quelqu'un... ou de lui crever les yeux », pensa Jeanne.

Elle restait paralysée au seuil de la pièce, incapable de détourner son regard des gargouilles de craie.

Malaxant le plâtre avec fureur, Van Karkersh avait ébauché une série de faciès approximatifs, qui, dans la lueur de la torche, semblaient montrer les crocs.

Les bras tendus se dressaient telle une forêt de lances. L'ensemble constituait une armée d'homoncules en ordre de bataille, prête à charger au ras du sol, les index accusateurs visant le même ennemi. Le même intrus.

— Ils vont se jeter sur moi, dit Jeanne dans un souffle.

Depuis un moment elle parlait à haute voix sans en avoir conscience. Elle eut soudain peur d'être victime d'une manœuvre d'encerclement. Devant se massaient les gnomes... dans son dos progressait le trio des sœurs Corelli, caricature grassement érotique de la Sainte Trinité...

— Ce ne sont que des statues ! se répéta-t-elle tandis que ses paumes devenaient moites.

Les gnomes aux bras tendus ne bougeaient pas. Van Karkersh les avait-il modelés avec la poudre des catacombes ? Leur avait-il donné pour armature des squelettes de fœtus ?

La jeune femme battit en retraite. Son cœur cognait à toute allure. Les marmousets crayeux au doigt pointé lui donnaient la chair de poule.

Toutes les statues de l'appartement provenaient sans doute d'un mélange de plâtre et d'os moulus ! Elle se rappela ce qu'avait marmonné Tienko à propos de l'ossuaire : « La nuit, il ne faut pas s'y risquer... » Ne se trouvait-elle pas, en cette minute, encerclée par les enfants de ces mêmes catacombes ?

Elle recula, son coude heurta le mur ; une douleur fulgura dans son bras. La lampe-torche lui échappa pour se briser sur le sol. D'un seul coup, elle se retrouva perdue dans les ténèbres. Il ne lui servirait à rien de hurler, elle le savait. Personne ne monterait pour la secourir.

Elle s'était jetée dans la gueule du loup. Maintenant les gnomes de craie allaient marcher droit sur elle. Leurs doigts s'enfonceraient dans son ventre, la clouant au mur... Les trois sœurs s'approcheraient, leurs mains de pierre lui écraseraient la tête, faisant éclater sa boîte crânienne, lui brisant les mâchoires.

Il fallait qu'elle bouge ; qu'elle sorte de ce piège.

Elle tâtonna, se raisonnant à voix haute :

— Ce sont des statues, de simples statues, des ébauches sans talent, des...

Elle avançait, rasant l'immense tableau noir du corridor. Ses mains humides dérapaient en crissant.

Alors, il lui sembla que la nuit bougeait... Mais c'était idiot, n'est-ce pas ? La nuit semble toujours remuer lorsqu'on est perdu dans l'obscurité. Oui... mais ici, au cœur de la maison Van Karkersh, dans la tanière du vieux fou, la nuit bougeait *réellement*.

Jeanne haletait. L'orage s'éloignait, et sans le secours des éclairs, il lui devenait difficile de s'orienter.

Un bruit ténu retentit dans son dos. Un glissement... Un frottement hésitant. Elle suffoqua, se heurtant aux montants des portes, aux poignées de porcelaine. Elle n'avait qu'une peur : tomber dans les bras des sœurs Corelli, se jeter sur le trio de pierre comme une barque vient s'empaler sur un récif !

Derrière elle, le bruit se faisait plus net, plus crissant... « Les gnomes se sont mis en marche, pensa-t-elle au bord de la syncope. *Ils* me poursuivent, il leur a fallu un moment pour se dégager de l'ankylose de la pierre, mais maintenant *ils* vont se déplacer de plus en plus vite... »

Elle se cogna la hanche, gémit sourdement. Enfin, ses yeux distinguèrent un rectangle plus clair dans l'opacité de l'appartement : la porte-fenêtre !

Elle se dirigea vers cette ouverture, priant pour que ses genoux la soutiennent jusque-là.

Le crissement devenait strident, cela lui rappelait... une craie, dérapant sur un tableau noir !

Elle eut un éblouissement : on ne la poursuivait pas, *on écrivait sur les murs* ! Les marmousets au doigt tendu griffonnaient sur l'immense tableau noir des cloisons !

Des scribes ! avait dit Juvia Kozac. Des golems capables d'écrire sous la dictée des puissances infernales ! Quels graffiti traçaient donc en cette minute les gnomes de plâtre qu'elle avait libérés de la pièce du fond ? Quels blasphèmes ? Quelles imprécations ?

Elle déboucha enfin sur le balcon. Contrairement à ce qu'elle redoutait, personne n'avait tranché la corde. Elle s'y suspendit, au mépris de ses paumes écorchées, et se hissa aussi vite qu'elle put. Elle était persuadée qu'une main de plâtre allait se refermer sur sa cheville, la tirant en arrière, la ramenant au sein du cloaque.

Lorsqu'elle toucha la barre d'appui de sa

chambre, ses dents claquaient. Elle bascula dans la pièce et se recroquevilla sur le plancher.

« Personne n'écrivait, se répéta-t-elle une heure durant, ce n'était qu'un volet qui grinçait. Un simple volet. »

Un peu plus tard elle trancha la corde et ferma soigneusement la fenêtre.

Dette de sang

Lorsqu'elle s'éveilla, une épaisse fumée grise montait le long des carreaux. Ce n'était que le brouillard, mais un brouillard d'une densité anormale qui enveloppait la maison pour la couper du reste du monde.

Jeanne se leva, des courbatures plein les membres. Elle avait dormi d'un sommeil trop lourd, un sommeil de fuite, une tanière d'inconscience dans laquelle s'était rué son esprit terrifié. Pressée de se cacher, elle avait conservé ses vêtements humides. À présent, des frissons couraient sur sa peau et une légère fièvre lui empourprait le visage.

Dolente, elle alla coller son front brûlant aux carreaux. On ne voyait plus la ville. Au pied de l'immeuble, le zoo disparaissait sous une couche cotonneuse bouillonnant en lents remous. La maison Van Karkersh semblait un navire dérivant sur une mer d'huile. Les rues, les cinémas, les magasins s'étaient évanouis, telle une armada dispersée par la tempête.

Jeanne fut assaillie par un mauvais pressentiment.

Cet encerclement avait quelque chose de fantasma-gorique.

« On dirait qu'on a voulu isoler la maison der-rière un écran de fumée pour la cacher aux yeux des badauds... », songea-t-elle.

Le nœud d'angoisse qui lui comprimait l'estomac se resserra d'un cran.

Elle sortit dans le couloir. Le brouillard stagnait au ras du tapis. Pour un peu, on aurait cru qu'un incendie s'était déclaré dans une chambre voisine. Cette pellicule de brume, stagnant au ras du sol, coulait dans la cage de l'ascenseur pour emplir l'escalier.

Jeanne enfonça le bouton d'appel. La cabine s'ébranla en ronronnant. Le puits de l'ascenseur était noyé de brouillard. En se penchant, on ne parve-nait même plus à distinguer les étages inférieurs. Jeanne eut la certitude que ces torrents de brume montaient des catacombes.

La maison fabriquait elle-même son camouflage ! Elle s'isolait derrière une muraille de vapeur pour ourdir ses manigances en toute impunité.

La cabine surgit enfin, enfumée comme la tanière d'un animal nuisible. Jeanne s'y enferma.

En passant à la hauteur du cinquième étage, elle tendit l'oreille, guettant le crissement de craie qui avait failli la rendre folle quelques heures plus tôt.

Elle perçut des grincements, mais ceux-ci prove-naient peut-être de l'ascenseur.

(*Les gnomes s'étaient-ils répandus dans l'appartement, couvrant les murs de graffiti ?*)

Au rez-de-chaussée, elle buta sur Tienko. Hagard, il errait au milieu du hall. Battant des bras, il brandissait une bonbonne d'acide comme on agite une arme pour effrayer un ennemi. Lorsqu'elle fut près de lui, la jeune femme vit qu'il avait oublié ses habituels gants blancs, et que la chair de ses doigts était racornie par les cicatrices d'anciennes brûlures.

— Ça commence ! glapit-il en avisant Jeanne. Vous avez vu ? La maison relève son pont-levis. C'est fini, nous ne pourrons plus sortir avant deux jours !

Jeanne haussa les épaules et saisit la poignée de cuivre de la porte donnant sur la rue. *Le battant ne bougea pas d'un pouce.*

— C'est vous qui l'avez fermée ! cria-t-elle. Donnez-moi la clef ! Je vous l'ordonne !

Tienko éclata d'un rire imbécile.

— Il n'y a plus de clef depuis longtemps ! Vous ne comprenez donc pas que l'immeuble nous prépare une grande fête d'anniversaire ?

Jeanne saisit le vieil homme par les revers de sa blouse.

— Qu'est-ce que vous racontez ? s'insurgea-t-elle, je vais ouvrir une fenêtre, sauter dans la rue, et personne ne m'en empêchera.

— Vous ne le ferez pas ! caqueta Tienko. La maison s'est refermée sur nous comme une huître. Tous les ans c'est la même chose. Il faut s'accrocher et faire attention. Le 10 novembre, passé 9 heures tout rentrera dans l'ordre... Ce n'est qu'un mauvais moment à passer.

— Arrêtez de secouer cette bouteille d'acide ! s'emporta Jeanne. Vous allez finir par nous vitrioler. C'est comme ça que vous vous êtes brûlé les mains, n'est-ce pas ?

— Oui, bégaya le vieillard, c'est... *c'est pour éloigner les statues.* L'acide dévore la pierre. Il mousse en rongeant la craie, le calcaire et la poudre d'os, ça les tient à l'écart...

— Comme les mollusques que vous collez sur les vitres de la loge ?

— Les lithophages ? Oui, oui, bien sûr. Ils mangent la pierre, eux aussi. Ce sont mes chiens de garde. Je vous en donnerai si vous voulez...

— Merci bien, je m'en passerai.

Jeanne transpirait. La fièvre lui enflammait les joues. Elle n'était plus très sûre d'avoir encore toute sa tête.

— Parlez-moi des gnomes qui écrivent sur les murs, ordonna-t-elle. Et des tableaux noirs géants.

Tienko écarquilla les yeux, sa bouche s'affaissa tandis que son visage devenait livide. Une seconde, il eut l'air d'un vieux cadavre abandonné sur une table de dissection.

— Vous... vous êtes entrée ! hoqueta-t-il. Vous êtes entrée chez Van Karkersh ! *Vous les avez libérés.*

Il repoussa la jeune femme avec violence.

— Folle ! glapit-il, vous êtes folle ! Vous ne comprenez pas ce que vous avez fait ?

176

Il gesticula, désignant les statues embusquées entre les colonnes.

— Ici, hurla-t-il, ici dans le hall, ce ne sont que des ébauches, des ratés. Elles gigotent mais elles ne sont pas dangereuses. Tandis que là-haut ! Là-haut...

Il se mordit le dos de la main.

— Elles sont mauvaises, chuinta-t-il les yeux dilatés par la peur. *Mauvaises !*

— Expliquez-vous ! vociféra Jeanne. Je n'ai fait que casser un carreau, ouvrir une fenêtre et quelques portes.

— Idiote ! siffla le concierge. C'étaient des portes scellées. Van Karkersh les avait lui-même fermées en les cachetant à l'aide d'une cire magique. Vous avez rompu les sceaux !

Jeanne vacilla. Dans l'obscurité elle ne s'était rendu compte de rien. Elle avait mis la résistance de certaines serrures sur le compte de l'humidité et du bois vermoulu.

— Scellées, répéta Tienko, vous avez libéré les scribes, maintenant ils vont se répandre dans toute la maison. Ce ne sera pas un anniversaire comme les autres ! Oh non ! Ils ne nous laisseront aucune chance.

— Arrêtez ! lança Jeanne, soyez clair pour une fois. Qu'est-ce que c'est que cette histoire de scribes ?

— Non ! Non ! ulula Tienko, c'est trop tard, vous êtes perdus, vous et les autres ! Trop tard !

Il se dégagea et courut se réfugier dans sa loge dont il claqua la porte.

Une seconde encore Jeanne distingua son visage grimaçant des imprécations derrière les entrelacs du grillage, puis le rideau retomba.

Elle essuya la sueur qui perlait sur son front. Une main se posa sur son épaule, la faisant bondir. C'était une main crayeuse, blanche. Une main de statue...

Elle ouvrit la bouche pour hurler puis réalisa qu'il s'agissait d'Ivany. Il était blanc de plâtre et ses doigts avaient l'air taillés dans un morceau de calcaire.

— Pourquoi ces cris ? demanda-t-il. Qu'est-ce que vous fichez avec Tienko ? Je vous attends depuis une heure, nous devrions déjà être en train de travailler.

Jeanne eut un haut-le-corps.

— De travailler ? hoqueta-t-elle. Vous délirez ? Pourquoi faites-vous semblant de ne rien voir ? Vous voulez vous masquer la vérité ?

— Je ne comprends rien à ce que vous dites.

Il voulut à nouveau la saisir par l'épaule, mais Jeanne le repoussa et courut vers l'ascenseur. Juvia Kozac était là, immobile sur la première marche de l'escalier.

— Calmez-vous, dit-elle doucement, il ne faut pas lui en vouloir à Ivany. Il essaie de se convaincre que tout cela n'existe pas.

Jeanne dévisagea la masseuse. Elle avait les traits tirés, les yeux soulignés de cernes mauves.

— Venez chez moi, dit encore la grande femme blonde.

Jeanne se laissa entraîner dans le cabinet de consultation.

— Parlez-moi des scribes ! ordonna-t-elle en s'asseyant sur la table de massage. Il faut que je sache une fois pour toutes !

Juvia alluma maladroitement une cigarette, la pièce sentait l'embrocation. Des serviettes sales jonchaient le sol.

— Les scribes ? fit-elle avec un sourire douloureux. Ce que j'en sais, je le tiens de ma mère. Une pauvre folle. C'est incroyable et totalement ridicule.

— Dites tout de même !

— Van Karkersh voulait fabriquer un golem capable de transcrire les paroles de l'au-delà. Je vous l'ai déjà dit. Une sorte de téléscripteur des puissances occultes. C'était son obsession. Après dix ou quinze ans d'essais infructueux, il a modelé les gnomes à l'aide de « plâtre » prélevé dans les catacombes. Tout le problème était d'arriver à doser les éléments constitutifs : le plâtre, la poudre d'os, etc. Ma mère prétendait que l'expérience a fini par réussir. Les statuettes, à certaines heures, traçaient du bout de leurs doigts crayeux des signes cabalistiques, des mots en langue hermétique sur des ardoises disposées autour d'eux. Van Karkersh était fou de joie. Il allait enfin pouvoir dialoguer avec le monde des ténèbres.

— Les tableaux noirs sur les murs ?

— Oui, c'était pour permettre aux gnomes d'écrire n'importe où. Ils gribouillaient de plus en plus. Ma mère disait qu'on n'entendait que les crissements de tous ces doigts griffant les cloisons. C'était un bruit à vous rendre folle. Et puis...

— Et puis ?

— Van Karkersh a décrypté les inscriptions. *C'étaient des injures.* Des quolibets. Scribes imparfaits, les gnomes ne l'avaient mis en rapport qu'avec des démons mineurs qui se moquaient de lui. Leurs graffiti n'étaient qu'un tissu d'obscénités. Il n'y avait là aucun secret, aucune révélation. Rien que des graffiti de pissotière d'une crudité inouïe. Pour Van Karkersh la déception a été terrible. Il a failli tout abandonner.

— Seulement failli...

— Oui, c'était un enragé. Il paraît qu'il n'arrivait plus à endiguer le délire des gnomes. Il n'osait pas les détruire de peur de déchaîner des forces incontrôlables. Il les a bouclés dans une pièce en les « emmurant » au moyen d'un sceau magique apposé sur la porte, à la manière des pharaons.

Elle eut une mimique d'excuse.

— Je parle comme une folle, soupira-t-elle, mais je ne fais que citer les mots de ma mère. Peu à peu les statuettes sont retombées dans l'immobilité. Et Van Karkersh s'est replongé dans ses livres.

— C'est là que se place l'épisode des sœurs Corelli, murmura Jeanne.

Juvia Kozac baissa la tête.

— Oui. Van Karkersh a décidé de modeler un nouveau scribe. Une trinité de plâtre. Trois fillettes représentant l'allégorie de la sagesse.

— Je l'ai vue, martela Jeanne. Un truc dégueu-
lasse.

— C'était voulu, soupira Juvia. Il fallait une
parodie démoniaque. Pour « sataniser » le golem, lui
donner vie, il a obtenu des trois modèles qu'elles
se suicident. C'étaient de pauvres folles, des asi-
laires en rupture de camisole. Elles ont marché.

— Tienko prétend les avoir exécutées, observa
Jeanne.

— Tienko ment, trancha Juvia. Il affabule, se
construit un personnage sur mesure. Il était
concierge ici, garçon de courses. Van Karkersh le
méprisait. C'est normal qu'il cherche aujourd'hui à
embellir son rôle dans l'histoire ! Les filles Corelli
se sont suicidées à la demande du « maître ». Et sans
l'ombre d'une hésitation.

— Admettons. Et ensuite ?

— Ensuite j'avoue que je ne sais pas. Le nouveau scribe fonctionnait paraît-il à merveille, mais
ma mère ne m'a pas dit ce qu'il a révélé au vieux.
Elle croyait cependant que les puissances de l'ombre
avaient exigé qu'à sa mort, le cadavre de Van Karkersh soit placé dans l'ossuaire des catacombes, afin
d'être moulu comme ses prédécesseurs et de servir
à la réfection de la maison. Van Karkersh a eu peur.
Il était vieux. Il craignait d'avoir été manipulé par
les démons. Il redoutait de finir en enfer. Il ne voulait pas passer le reste de l'éternité à boucher les
fissures d'une maison. La nuit il délirait. Il rêvait
qu'une truelle géante l'écrasait sur un mur. Il a
voulu échapper à l'emprise de l'immeuble, rompre

le contact et sauvegarder son cadavre. Peut-être son âme... ou du moins ce qui en restait.

— D'où le dépeçage ?

— Oui. Dans son idée, finir broyé sous les dents d'un fauve était une sorte d'expiation, de salut. Je pense qu'il se référait à la mort des martyrs chrétiens. Je vous le dis, il était gâteux. Il a entraîné sa famille dans l'horreur de cette cérémonie. Il voulait être mort et dévoré avant le 10 novembre. À cause de je ne sais quelle similitude avec la date du suicide des sœurs Corelli. Comme son agonie se prolongeait il a compris qu'il risquait de mourir durant la nuit, à une heure « dangereuse ». C'est pourquoi il a exigé qu'on le dépèce sans attendre, pour profiter de ce créneau horaire pendant lequel les forces du mal n'avaient pas prise sur lui... Par la suite, la famille a essayé d'étouffer le scandale, mais la police est intervenue. Hortense et son frère ont été internés à vie dans un asile psychiatrique. Les autres participants ont fait des séjours plus ou moins longs dans diverses cliniques pénitentiaires.

— Et vous, attaqua Jeanne, pourquoi êtes-vous revenus ? Pourquoi n'avez-vous pas vendu la maison ?

— Je ne sais pas, avoua Juvia, nous avons essayé de le faire cent fois, mais au dernier moment quelque chose nous a retenus. Nous avons vécu à l'étranger, dans dix pays. Mais nous avons toujours senti que notre vraie place était ici. Idiot, non ?

Jeanne ferma les yeux. La fièvre lui plombait les

paupières. Elle avait beaucoup de mal à tenir les rênes de son esprit.

— Vous êtes malade, constata Juvia, étendez-vous. Je vais vous donner un médicament qui fera tomber votre température.

Jeanne était si fatiguée qu'elle se laissa faire. Pourtant quelque chose lui criait de se méfier de cette femme. N'y avait-il pas ici, dans cet appartement, une poupée de cire à son effigie, une poupée transpercée d'aiguilles... Et qu'avait modelée Ivany ?

Sa nuque toucha la toile recouvrant la table de massage. Un verre heurta ses dents.

— Buvez, dit doucement Juvia. Buvez, vous irez mieux après. Beaucoup mieux.

« Non ! » hurla mentalement Jeanne. Mais elle n'avait plus de force. Elle but. Peu après elle s'endormit.

À la seconde où elle fermait les yeux, la voix du vieux libraire, Arsène Bornemanches, résonna dans sa tête :

« Vos cauchemars peuvent avoir été provoqués par l'ingestion d'une substance hallucinogène. *Qui vous nourrit ?* Ivany, Tienko ! Comment pouvez-vous être certaine qu'ils ne mêlent pas des drogues à ce que vous absorbez ? »

Elle s'éveilla deux heures plus tard, secouée de frissons. Sous ses reins la table était humide et pois-

183

seuse. Elle crut d'abord qu'elle avait transpiré, puis elle sentit l'odeur. Une odeur fade.

Les blessures de ses poignets et de ses chevilles s'étaient rouvertes, le sang répandu avait poissé le drap de la table de massage. Jeanne se redressa. Les grosses taches écarlates l'épouvantaient. Elle appela, mais l'appartement semblait vide. Cette fois elle devait fuir au plus vite. Sans réfléchir, elle courut vers la fenêtre et lutta avec la crémone ; le brouillard était si dense qu'on ne distinguait plus l'autre côté de la rue.

La fenêtre s'ouvrit enfin. Jeanne demeura immobile, les mains posées sur le bord d'appui. Elle avait d'abord eu l'intention de sauter dans le vide, quitte à s'en tirer avec une jambe cassée, mais elle se sentait repoussée à l'intérieur de la pièce par une force invisible. Le brouillard lui opposait un mur élastique infranchissable. C'était comme une membrane tendue sur la fenêtre. Elle recula.

« Je vais sauter ! se répéta-t-elle, je vais sauter ! » Mais elle n'en fit rien.

La brume laissait filtrer une lumière parcimonieuse, il régnait dans l'appartement une pénombre que n'arrivait pas à vaincre la lumière des lampes électriques.

Où donc était passée Juvia Kozac ? Jeanne referma la fenêtre, traversa la pièce et sortit sur le palier. Ne sachant quel parti prendre elle alla sonner chez Ivany. Personne ne lui répondit.

— Ils sont là ! ricana la voix de Tienko derrière

elle. Ils sont là mais ils se sont barricadés à triple tour !

Jeanne se retourna. Le concierge paraissait ivre mort.

— Venez voir ! hoqueta-t-il, venez voir !

Il était dans un état d'éthylisme avancé. Jeanne descendit prudemment quelques marches.

— Regardez ! siffla Tienko. Même les bêtes l'ont senti...

La jeune femme jeta un coup d'œil dans la direction du hall. Une demi-douzaine de grands chiens avaient pénétré dans la maison en fracassant le vitrail du hall.

La bave au museau ils bondissaient comme des fauves... *et mordaient les statues !*

Le poil collé, poussant des jappements rauques, les molosses s'accrochaient de toute la force de leurs mâchoires aux bras, aux jambes des statues cachées derrière les colonnes. Ivres d'une inexplicable fureur, ils mordaient le plâtre à s'en briser les crocs. Certains saignaient des babines mais ne renonçaient pas pour autant, d'autres avaient encore des éclats de vitrail fichés dans le dos ; cela ne semblait nullement les gêner.

— Ils ont senti l'odeur des os, triompha Tienko. À chaque anniversaire elle se vivifie. Les morts se réveillent !

Jeanne vérifia que l'ascenseur était là. Si les chiens venaient dans leur direction, elle se jetterait dans la cabine. Heureusement, les bêtes ne s'intéressaient qu'aux dieux de plâtre sur lesquels ils s'acharnaient avec d'épouvantables grognements. Jeanne saisit Tienko par la manche.

— Pourquoi Juvia s'est-elle enfermée ? demanda-t-elle. Elle vient de me dire qu'elle ne croyait pas aux histoires de Van Karkersh.

Le concierge gloussa.

— Pauvre idiote ! siffla-t-il. Ils se sont moqués de vous ! Vous ne comprenez pas qu'Ivany et la masseuse se sont arrangés pour vous attirer ici et vous envoûter.

— M'envoûter ?

— Bien sûr. Pourquoi croyez-vous que vous ne pouvez plus quitter la maison ? Il y a un charme qui vous attache ici comme un chien à une niche...

Jeanne s'essuya le visage. Elle suait. L'image de Tienko se déformait. « Bon sang ! songea-t-elle. J'ai au moins 40. Je vais tomber dans les pommes. »

— M'envoûter, articula-t-elle avec peine, mais dans quel but ?

Pour ne pas s'effondrer, elle se cramponna à la manche du concierge.

— Dans quel but ? L'anniversaire, pardi ! La maison veut son gâteau d'anniversaire ! Chaque année la maison nous met à l'amende. Elle nous fait payer la défection de Van Karkersh ! Elle veut un corps pour le moulin des catacombes ! Comme celui de Van Karkersh lui a échappé, elle en exige un autre chaque année... Et cela depuis la mort du vieux !

Jeanne sentit le sol se dérober sous ses pieds.

— Vous êtes fou, gémit-elle.

— Peut-être ! ulula Tienko. Mais vous, vous êtes foutue ! Les statues vont venir vous prendre ; elles vous broieront dans le moulin à pierres des catacombes. Vous allez payer à la place de Van Karkersh, et votre âme restera à jamais prisonnière de la maison.

— Assez ! protesta Jeanne en se raccrochant à la grille de l'ascenseur.

— Ils vous ont possédée, cracha Tienko, la face congestionnée. Tous les ans c'est la même chose. Ivany attire une gourde dans votre genre et Juvia se charge de la placer sous « influence » pour lui ôter toute envie de s'enfuir. C'est à ce prix que nous survivons ! Si la maison n'avait pas son tribut de chair fraîche, elle le prélèverait sur Ivany, Juvia ou moi... C'est une loi historique : il faut reconstituer l'ossuaire au fur et à mesure ! Chaque crâne moulu doit être remplacé. Chaque fois que Mathias Ivany confectionne un nouveau plâtre, il sait qu'il s'engage à combler l'emprunt qu'il vient de faire. De cette manière le moulin du diable continuera toujours à moudre sa farine de cadavres ! Vous comprenez ? Il faut que vous compreniez car il ne vous reste plus beaucoup de temps...

— Mais les gnomes ?

Tienko se raidit.

— Les gnomes... Ah ! ça c'est autre chose. Une donnée imprévue. Personne ne sait comment vont réagir les véritables golems. Vous avez compliqué le jeu... Mais pour vous, le résultat sera le même. Vous n'avez fait qu'augmenter le nombre de vos adversaires !

Il émit un rire caquetant puis se rua dans le hall en faisant des moulinets avec les bras.

— Dehors, les chiens ! vociférait-il. Dehors, les chiens ! Partez avant que les statues ne vous cassent les reins ! C'est l'anniversaire ! L'anniversaire !

Les bêtes hésitèrent à l'égorger, puis se jetèrent dans l'ouverture déchiquetée du vitrail au mépris des éclats qui leur déchiraient les reins.

Jeanne s'évanouit.

La meute

Elle reprit conscience avec la conviction intime d'être désormais la seule passagère d'un vaisseau condamné au naufrage. Le brouillard s'engouffrait dans le hall par la brèche du vitrail brisé. Il apportait avec lui une odeur inhabituelle, un relent *sui generis*... Une émanation « organique » qui prenait à la gorge.

Jeanne bougea. Elle était incapable de déterminer s'il faisait jour ou nuit, et sa montre s'était brisée. Elle hésitait à traverser le hall pour aller frapper chez Tienko. De toute manière, le vieillard ne lui ouvrirait pas, c'était joué d'avance. Il lui paraissait tout aussi inutile de regagner sa chambre car elle n'y serait pas en sécurité. Elle grimpa au second et tambourina chez Ivany, mais ses coups de poing n'éveillèrent aucun écho. Se tournant vers l'appartement de Juvia Kozac, elle réalisa que la porte en était entrebâillée.

Jeanne s'avança sur le seuil et poussa le battant. Un rire douloureux la secoua aussitôt. On avait dévissé tout l'appareil des verrous et serrures, ne lui

laissant aucune chance de s'enfermer ! Ce machia-
vélisme lui donna envie de hurler. Elle visita rapidement les pièces. La grande poupée de cire avait
disparu. Sans doute l'avait-on rangée chez Ivany.
Tant qu'elle existerait, Jeanne serait incapable de
quitter l'immeuble. Tienko l'avait clairement expli-
qué. Devait-elle se barricader en poussant les
meubles en travers de la porte ? Non, c'était puéril.
Elle ne devait à aucun prix se laisser acculer au fond
d'une tanière. Il fallait bouger, se déplacer sans
cesse. La mobilité serait son seul salut.

Mais qu'allait-il *réellement* se passer ? Peut-être
désirait-on que — folle de peur — elle se suicide à
la manière des sœurs Corelli ? Après une nuit
d'angoisse et d'attente, toutes celles qui l'avaient
précédée avaient sans doute opté pour cette dernière
solution...

« C'est cela, songea Jeanne en buvant à même le
robinet de la cuisine, il ne va *rien* se passer. Je
n'entendrai que des frôlements, des frottements...
Les signes à peine audibles d'un encerclement pro-
gressif. Des marches qui grincent, des portes qui
gémissent. Et l'ombre envahira la maison. Alors ma
peur montera un peu plus à chaque seconde, et je
me recroquevillerai au fond d'un placard, attendant
avec horreur que quelque chose pose sa main sur
la poignée. »

Non ! non... Il ne fallait pas tomber dans ce piège.
Et pourtant... Et pourtant elle sentait bien qu'elle
ne supporterait pas de voir surgir, au fond d'un couloir, les statues des sœurs Corelli ! Ces triplées

d'épouvante marchant au coude à coude, épaule contre épaule, du même pas malhabile...

Elle devinait que cette seule vision suffirait à la tuer... Des naines cauchemardesques, hochant leurs têtes bouffies de plaisir comme pour lui dire : « Viens avec nous, tu verras comme la mort est bonne. » Non, elle ne supporterait pas d'être touchée par ces monstres, mieux valait encore en finir tout de suite.

— Allons, murmura-t-elle, ne parle pas comme ça. C'est ce qu'*ils* veulent justement !

Pour réagir contre la panique, elle ouvrit le frigidaire et décida de manger. Il restait peu de chose : une tranche de viande froide, un morceau de gruyère. Elle engloutit ces nourritures sans attendre, mit à chauffer un restant de café et partit à la recherche de quelques comprimés d'aspirine.

Dans la salle de massage une macabre surprise l'attendait. Avant de partir se réfugier chez son cousin, Juvia Kozac avait disposé trois objets sur un plateau nickelé.

Il y avait là un gros cachet poudreux, une corde finement huilée et un petit revolver à crosse de nacre.

« Les outils des sœurs Corelli », songea Jeanne.

Se tournant vers le mur qui la séparait de l'appartement d'Ivany elle laissa éclater sa rage :

— C'était inutile ! hurla-t-elle. Je ne m'en servirai pas ! Vous entendez ? Je ne m'en servirai pas !

Non, elle ne leur rendrait pas ce service ! D'un

revers de main elle renversa le plateau et piétina le cachet. Il lui aurait fallu taillader la corde et jeter les cartouches dans la cuvette des W.-C., mais elle répugnait à toucher à ces instruments mortels.

Elle battit en retraite et referma la porte. Elle respirait avec difficulté. La brume occultait chaque fenêtre comme pour lui signifier d'abandonner tout espoir.

Malgré la migraine tambourinant à ses tempes elle mit l'appartement à sac. Au fond d'un cagibi elle découvrit un marteau qui lui parut constituer une arme acceptable. Elle décida de ne plus s'en séparer. Dans la cuisine elle rassembla quelques provisions : du sucre, des biscottes, des oignons, qu'elle jeta en vrac dans un sac. Si elle devait se déplacer, il lui fallait emporter de quoi manger.

Elle but son café en l'additionnant copieusement de sucre. La fatigue des derniers jours se faisait sentir, et elle estima qu'elle aurait beaucoup de mal à résister au sommeil. De plus ses chevilles et ses poignets semblaient infectés. Les cercles des coupures avaient pris une vilaine teinte jaunâtre annonciatrice d'infection.

Pourquoi avait-elle rêvé si souvent du dépeçage ? Van Karkersh avait-il tenté de lui envoyer un message d'outre-tombe, de l'effrayer afin qu'elle prenne la fuite ?... Ou bien la maison s'appliquait-elle à lui faire payer la trahison du vieux fou en la contraignant à revivre l'instant où il avait décidé de transgresser le pacte conclu avec les puissances ténébreuses ? Elle n'en saurait jamais rien. D'ailleurs ce genre de curiosité l'avait quittée.

Elle savonna ses plaies et les aspergea d'alcool. Ce n'était pas le moment de succomber à la septicémie !

Ces préparatifs effectués, elle alla s'installer dans la cabine de l'ascenseur dont elle verrouilla la porte battante au moyen d'un morceau de ficelle. Au centre de cette cage, elle se sentait en sécurité. Elle s'assit, noua ses bras autour de ses jambes et posa le menton sur ses genoux.

Maintenant il fallait attendre. Au moindre signe de danger elle enfoncerait un bouton sur le tableau de commande. Elle misait sur le fait que les sculptures seraient lentes, malhabiles. Les va-et-vient de l'ascenseur la mettraient aisément hors de portée de ces poursuivants ankylosés... Et puis, en dernier ressort, il lui resterait toujours la possibilité de bloquer la cabine entre deux étages.

Elle grignota un sucre, petite fille en pénitence qui fait passer le temps du mieux qu'elle peut.

Les nerfs tendus, elle auscultait l'immeuble. Elle imaginait Ivany et Juvia Kozac, tapis derrière leur porte blindée, des boules *Quiès* dans les oreilles, attendant, l'œil fixé sur la pendule, que s'organise la cérémonie.

Un bruit sourd emplit enfin la cage d'escalier. Un grondement étouffé venant de très loin. Une sorte de roulement qui semblait sortir du centre de la terre. L'immeuble se mua en une gigantesque caisse de résonance. Cela roulait avec un bruit de dalle frottant sur du granit. C'était comme une meule entamant son interminable giration.

Jeanne sursauta.

Le moulin des catacombes venait de se mettre en branle !

« C'est idiot, pensa-t-elle, c'est Tienko, il est descendu dans la crypte et... »

Non ! Non ! Si elle voulait survivre, elle ne devait plus se raccrocher aux hypothèses rationnelles. À présent il lui fallait prévoir le pire... Faire comme si...

Le moulin des catacombes s'était donc remis en marche. Qu'attendait-il ? Sa provision annuelle d'os frais à broyer ?

« Ils vont venir me chercher, se dit Jeanne. Ils m'arracheront mes vêtements et me jetteront sous la meule. Et je verrai rouler cette pierre grise, sans pouvoir sortir de la cuve. Elle m'écrasera les pieds, les jambes, les cuisses. Je sentirai toute ma chair éclater sous la pression. Mes os s'émietteront dans une bouillie de moelle... Et la meule poursuivra sa course, me happant. Dieu ! combien de temps avant que je ne meure enfin ? »

Elle se cacha le visage dans les mains. La maison voulait être dédommagée de la trahison de Van Karkersh, elle n'entendait pas qu'on puisse se dérober à la cérémonie annuelle d'expiation.

Jeanne se dressa pour enfoncer le bouton du sixième, au même moment un crissement caractéristique retentit au-dessus d'elle... *Les gnomes*. Ils écrivaient.

Il lui sembla les voir, répandus à travers l'appartement du vieux fou, s'usant les doigts sur les tableaux noirs des cloisons, les blanchissant d'incompréhensibles invectives. Elle les imaginait, avec leurs faces tordues, leurs crânes difformes : les scribes des démons mineurs...

Le crissement s'amplifiait, on eût dit qu'un bataillon d'instituteurs s'acharnait à râper de la craie devant une classe d'écoliers fantômes.

Jeanne se boucha les oreilles. Du coude, elle pressa le bouton du rez-de-chaussée. Tienko devait l'aider ! Elle trouverait moyen de l'y contraindre. Elle pensait déjà à faire basculer l'une des statues du hall pour enfoncer la porte de la loge.

« Ainsi nous serons dans le même bain ! exulta-t-elle. Il sera bien forcé de faire quelque chose ! »

La cabine s'immobilisa avec une sécheresse inhabituelle. Jeanne poussa l'interrupteur sur *arrêt d'urgence* et laissa la porte ouverte.

À peine avait-elle posé le pied sur le sol qu'elle fut giflée par une bouffée de poussière blanche. Un violent courant d'air montait de l'escalier menant aux caves. La craie et la poudre d'os s'échappaient des catacombes en volutes qui saupoudraient les tapis, adhéraient aux miroirs. Jeanne toussa. Le vent se déchirait aux arêtes du vitrail brisé. Elle se sentit entraînée par ce courant invisible comme par le flot d'un torrent.

Elle battit des bras, mais la poussée élastique s'était installée entre ses omoplates, la jetant en avant.

Au bout du trajet il y avait les éclats de verre bleuté, tranchants. Un trou hérissé de dentelures acérées dans lequel elle allait plonger la tête la première, se déchirant le visage, la gorge et les seins.

Elle hurla. D'une torsion du buste elle échappa au courant d'aspiration et roula sur le tapis du hall. Folle de rage et de terreur, elle se déplaça à quatre pattes.

— Je vais vous sortir de votre coquille, vociférat-elle à l'adresse de Tienko, espèce de singe ! J'arrive !

Ne maîtrisant plus les événements, elle se retournait contre le vieillard, cherchant un exutoire à sa peur.

Le vieux l'entendit. Sa face blême surgit derrière le grillage de la loge.

— Non ! gémit-il, ça ne servira à rien ! Vous avez libéré les gnomes, maintenant nous sommes tous menacés ! C'est chacun pour soi.

Et il rabattit le rideau.

Jeanne se redressa ; elle avait les cheveux et le visage blanchis par la farine des catacombes. Le roulement du moulin grondait sous la voûte du hall, faisant cliqueter les lustres.

Conformément à son plan, elle entreprit de s'arcbouter à l'une des sculptures pour la faire basculer... Mais un détail effrayant suspendit son geste : la tête de la statue était anormalement *enflée* par rapport au reste du corps, transformant un académique Apollon en géant hydrocéphale. Jamais auparavant elle n'avait noté cette extravagance.

Reculant de trois pas, elle observa les statues de la galerie : elles présentaient toutes de semblables difformités... Les bras d'une quelconque déesse touchaient le sol, comme les membres supérieurs d'un gorille ! Le torse d'un éphèbe s'était allongé et surplombait à présent des jambes ridiculement courtes. Les dieux de plâtre du hall n'étaient plus qu'une légion d'infirmes, ils « poussaient » en dépit du bon sens, tels des légumes montés en graine !

Jeanne s'affola. Elle ne parvenait pas à isoler une seule statue intacte. La poudre d'os qu'on avait mêlée à ces pauvres stucs paraissait brusquement saisie de folie bourgeonnante. Les morts broyés par le moulin des catacombes manifestaient leur présence et leur colère au moyen de ces poussées expansives.

— Tienko ! appela Jeanne. Tienko ! Regardez, les statues se déforment... Cela s'est déjà produit ?

— Non ! chevrota le vieillard, oh ! non ! Je n'ai jamais vu ça !

— Qu'est-ce que ça veut dire ? s'inquiéta la jeune femme.

— Mais je n'en sais rien ! vociféra le concierge. Tout ça c'est de votre faute ! Éloignez-vous d'ici ! Partez ou je vous vitriole ! Allez donc vous jeter dans la cuve du moulin, qu'on en finisse !

Jeanne s'accrocha à la grille protégeant la loge

mais elle ne réussit qu'à se cisailler les doigts. La panique s'emparait d'elle.

Elle se rua encore une fois contre la porte donnant sur la rue. En vain. Le battant était inamovible. La poudre qui montait de la crypte mourait en vagues molles sur les chevilles de Jeanne.

Elle sentit qu'elle n'avait qu'à se laisser emporter par le courant. Le reflux l'entraînerait dans le puits des catacombes et tout serait fini. Elle se sentait si lasse, désarmée. Les statues difformes la surplombaient de leurs crânes hydrocéphales. Les dieux de plâtre, jadis si académiques, avaient à présent des allures simiesques. Même les décorations ornant la voûte du hall bourgeonnaient de manière hideuse. Les pommes de stuc se boursouflaient, les moulures bouillonnaient. Partout où l'on avait utilisé la poussière des catacombes éclataient les signes d'une répugnante vitalité. La matière se faisait turgescente, la moindre fissure vomissait des chapelets de bulles crayeuses.

Jeanne lutta contre le vertige, elle devait retourner dans l'ascenseur sans plus attendre.

Elle courut jusqu'à la cabine et pressa le bouton du sixième. L'ascenseur s'éleva en grinçant comme si ses poulies avaient du mal à tourner, mais Jeanne n'y prit pas garde. En passant à la hauteur du quatrième, elle aperçut des griffures sur le papier peint. Des lacérations qui mettaient la cloison à nu. Les coups de griffes, donnés à une quarantaine de centimètres du sol, semblaient avoir été portés par un chat enragé...

Par un chat... *ou par un gnome.*

Ils étaient sortis. Cette évidence la glaça. Ils étaient sortis pour écrire sur les murs.

Au cinquième, elle eut la vision fugitive d'une porte palière au panneau inférieur éclaté. Autour de cette chatière improvisée, le tapis était jonché de débris de plâtre. Jeanne entendit un bruit de papier déchiré sur sa droite. Déjà la cabine abordait le sixième étage.

Jeanne avait la bouche sèche. Elle hésita à jeter un coup d'œil dans le couloir.

Là aussi, le papier peint était déchiqueté à hauteur du genou. Des stries blanches avaient rayé la peinture des portes.

Les gnomes écrivaient avec la rage qu'un fauve met à lacérer une pièce de viande. Jeanne nota d'étranges symboles, des bribes de mots. Sans doute des injures démoniaques.

Son besoin de tout expliquer revint une dernière fois à la charge : « Bon sang ! Ce n'est qu'un chat en rut qui cherche la sortie et qui se fait la patte sur le revêtement mural... Pas de quoi s'affoler. »

Elle haussa les épaules. Un chat, vraiment ? Un chat capable d'enfoncer le bas d'une porte ?

Soudain, elle entendit une espèce de claudiquement lourd dont les lattes du parquet lui transmirent la vibration. C'était comme une petite troupe marchant au pas. Trois pieds s'abattant à la même seconde sur le sol...

Les naines ! Les naines au sourire salace arpentaient le corridor. Jeanne ne les voyait pas encore, mais elle les entendait s'approcher. Le plancher tremblait à chacune de leurs enjambées : *Bou-ou-oum. Bou-ou-oum...* Elles devaient avancer en ligne, tels des soldats montant à l'assaut. Avaient-elles les mains tendues ?

Jeanne se rejeta en arrière. La cabine oscilla sous ses pieds, et le signal *surcharge* s'alluma !

— Oh ! non ! gémit la jeune femme, pas maintenant.

Prise de panique, elle enfonça tous les boutons, mais la vieille machine trépidait sans démarrer.

Bou-ou-oum fit l'écho en dépassant le coude de la chambre 10. Jeanne poussa le commutateur sur *stop*, le repositionna sur *in* et enfonça la touche *Rez-de-chaussée*.

Cette fois la cabine plongea dans un crissement de câbles maltraités. Jeanne compta les paliers et suspendit la course de la machine entre le troisième et le deuxième étage. Ainsi elle était à l'abri. Personne ne pouvait plus ouvrir la porte de la cabine. L'ampoule grésilla au-dessus du tableau de commande : toutes ces manœuvres fatiguaient l'élévateur.

La jeune femme se laissa glisser contre la paroi et se recroquevilla sur le sol. Combien de temps pourrait-elle encore déjouer l'approche de la meute ? Quelle heure était-il ?

Elle s'enveloppa dans ses bras pour tenter de maîtriser ses tremblements. Deux bruits torturaient ses sens, la faisant tressaillir toutes les trois secondes : un crissement de craie rayant un tableau noir, et le roulement d'un boulet heurtant le sol. Quelque chose qui faisait *Bou-ou-oum,* et venait de très loin. Du fond des ténèbres.

Pendant une demi-heure elle dériva sur les eaux d'une torpeur hallucinée. Une poussée de fièvre la terrassa et elle se recroquevilla sur le tapis de la cabine, les genoux ramenés sous les seins, le corps secoué de frissons, elle n'entendait plus que les pulsations de son cœur.

« On éprouve ce genre de chose quand on prend du peyotl, se dit-elle. Est-ce que je suis droguée ? Toutes ces images n'existent peut-être que dans ma tête. »

Elle fut tentée de miser sur le rationnel et de rester là, couchée sur le sol, les bras le long du corps, à attendre que l'effet des antimétaboliques se dissipe.

« Et si tu te trompes ? lui murmura une petite voix apeurée au fond de son esprit. Si les gnomes existent vraiment ? »

— Juvia m'a fait avaler un cachet, riposta Jeanne. Elle prétendait qu'il s'agissait d'aspirine, mais ce pouvait être n'importe quoi. Un hallucinogène par exemple. Je suis probablement en train de faire un mauvais trip, rien de plus.

Puis la sueur sécha, raidissant ses vêtements. La fièvre tomba, la laissant plus faible qu'un nouveauné.

Jeanne se redressa sur un coude, incapable de déterminer combien de temps elle avait passé sur le plancher de la cabine. Elle mourait de soif ; ses lèvres craquelées lui faisaient mal. Elle souffrait aussi d'une terrible envie d'uriner.

Levant le bras, elle manœuvra le tableau de commande pour descendre au rez-de-chaussée. Elle se soulagerait dans le hall qui lui semblait la zone la moins dangereuse de la maison.

Alors que la cabine coulissait à l'intérieur du puits, Jeanne entendit un craquement sourd, comme si la masse de l'immeuble venait d'encaisser un coup de bélier. Tous les murs tremblèrent, et, sur le palier du second étage, des lattes de parquet se déclouèrent avec un miaulement de corde à piano rompue. L'ascenseur lui-même tangua au bout de son câble.

À la hauteur du premier, les portes palières se fendirent de haut en bas.

La cabine s'immobilisa au rez-de-chaussée. Là, tous les miroirs et les portes vitrées avaient éclaté, jonchant les tapis de tronçons coupants. Il n'y avait plus une glace intacte. Certains battants, sortis de leurs gonds, pendaient de façon lamentable. Les tringles de cuivre fixant le tapis avaient sauté pour s'entasser au bas des marches en buisson hirsute.

Jeanne quitta prudemment son repaire. De grandes lézardes sillonnaient les murs et les boiseries. L'encadrement des portes, gauchi, donnait l'impression que la maison venait d'être victime d'un tremblement de terre.

La jeune femme avança jusqu'au seuil du grand hall. Elle eut l'illusion de s'engager sur un champ de bataille. Certaines colonnes, travaillées par une croissance infernale, avaient poussé comme des arbres ! Elles dépassaient à présent leurs sœurs jumelles et leurs chapiteaux — doriques ou corinthiens — avaient crevé la voûte tel l'éperon d'une galère enfonçant la coque d'un navire ennemi ! Sous ces coups de boutoir le plafond du hall s'était disloqué. Des lézardes rayonnaient à partir des points d'enfoncement, et tout le plâtre du revêtement s'était écaillé, mettant la maçonnerie à nu.

Les statues n'avaient pas été épargnées. Atteintes de gigantisme, elles s'étaient révélées trop lourdes pour leur piédestal qui avait éclaté, les jetant à terre... Quelques-unes avaient crevé le dallage pour s'enfoncer dans le sol jusqu'au torse. Elles avaient l'air de soldats blafards, minéralisés au fond d'une tranchée, attendant depuis des lustres de monter à l'assaut.

Le pavage disloqué se hérissait en tronçons de pierraille entre lesquels il fallait zigzaguer pour ne pas se déchirer les pieds. Le hall, décapé, défoncé, n'était plus qu'un tunnel. La croissance aberrante des éléments architecturaux traités à la poussière d'os avait rompu les lignes de force sur lesquelles reposait l'équilibre de la maison. Ces ébranlements avaient fait basculer les statues. Entremêlées, difformes, elles offraient au regard l'image d'une étrange partouze. Chacune d'entre elles présentait des déformations. Les déesses arboraient des bras simiesques, les dieux d'énormes têtes aux traits méconnaissables. D'interminables jambes supportaient des torses ridiculement petits.

Tous ces monstres de plâtre gisaient dans la rocaille du pavement.

Jeanne contempla le carnage avec l'impression d'explorer un temple romain ravagé par une éruption volcanique.

De temps à autre, une pluie de plâtre tombait de la voûte, révélant quelque nouvelle fêlure. Si cela continuait, les colonnes ne tarderaient pas à enfoncer le plancher des appartements situés au-dessus du hall ! La maison Van Karkersh allait s'écrouler, victime de sa croissance anarchique.

Jeanne recula vers la cabine. Une mauvaise pensée la taraudait. Les trois naines de craie avaient-elles subi les mêmes transformations ? Et les gnomes ? Avaient-ils grandi au fil des heures, passant progressivement de la taille du nouveau-né à celle de l'homme adulte ?

S'il en allait ainsi, leur puissance s'en trouverait décuplée. Ils allaient sillonner l'immeuble sans se soucier du rempart des cloisons.

Jeanne se rejeta dans la cabine, pressa un bouton au hasard et s'appliqua à bloquer l'ascenseur entre deux étages comme elle l'avait fait jusqu'à maintenant.

Haletante, elle se mit à guetter les bruits qu'amplifiait la cage d'escalier. Il y eut soudain un claquement de porte, l'écho d'une cavalcade et la voix de Juvia Kozac s'éleva, alarmée.

— Ivany, criait-elle, tu as vu le hall ? Mais qu'est-ce qui se passe ?

— C'est à cause d'elle ! rugit le sculpteur. Elle

n'arrête pas de se déplacer. Les... les *autres* sont trop lents pour la coincer. Le moulin veut son sacrifice. Il nous le fait comprendre.

— Mais tout va s'écrouler ! gémit la masseuse. Le chapiteau de l'une des colonnes a crevé le parquet de ma salle à manger !

— La faim des démons grandit ! Comme leur désir ! Il faut les satisfaire ou sinon...

— Oh ! ragea Juvia, je savais que nous aurions des ennuis avec cette fille, elle était trop curieuse. Les précédentes n'avaient pas sa résistance ! Où est-elle à présent ?

— Dans l'ascenseur, entre deux étages...

— Tu peux t'occuper de la machinerie ?

— Non, souffla Ivany avec une hésitation, *Elles* sont encore là-haut. Je ne veux pas monter au sixième. Si l'esprit de la maison est en colère, il ne fera pas de distinction entre Jeanne et nous !

— Il y a peut-être une solution, lança Juvia. Force l'une des portes de la cage et coupe le câble qui supporte la cabine.

Jeanne se pressait contre les parois de l'habitacle, essayant de distinguer ce qui se passait au-dessus d'elle.

Elle n'entendit plus rien pendant un moment, puis un craquement métallique retentit. Elle comprit que les deux cousins tentaient d'éventrer la cage de l'ascenseur au moyen de pinces coupantes. Des débris se mirent à pleuvoir sur le toit de la cabine. Il y eut un grésillement puis la lumière s'éteignit à l'intérieur de la cabine. Jeanne noua ses phalanges aux volutes de fer forgé constituant les parois de la petite guérite suspendue entre ciel et terre.

Là-haut Ivany s'acharnait dans un concert de claquements.

— Ça y est ! cria soudain Juvia. Recule-toi ! Attention !

Le maitre-câble se rompit dans un sifflement de fouet. Jeanne se sentit plonger dans le vide. Elle se demanda fugitivement si ce type d'appareil vétuste était pourvu de patins de freinage antichute, puis un choc énorme la jeta, la tête contre les barreaux. Elle perdit connaissance.

Lorsqu'elle revint à elle, du sang lui maculait le visage et Mathias Ivany la tirait par les chevilles sur le tapis du rez-de-chaussée.

— Elle n'est pas morte ! constata Juvia.

— C'est mieux ! haleta le sculpteur. *Il faut la jeter vive dans le moulin...*

— Mais ce n'est pas à nous de faire ça ! protesta la masseuse. Les fois précédentes...

— Les fois précédentes les filles restaient terrifiées, au fond de leur chambre ou d'un placard, à attendre bêtement que les « autres » viennent les cueillir... Avec celle-là c'est différent. Elle nous met en danger ! « Ils » sont trop lourds, tu comprends ? Le temps qu'ils parviennent à l'encercler, la baraque nous sera tombée dessus ! Aide-moi ! Prends-la sous les aisselles... Il faut descendre à la crypte.

— Non, gémit Juvia. Si les gnomes s'engouffrent derrière nous, nous serons bloqués en bas avec elle !

— Il n'y a pas d'autre solution. Sitôt que nous l'aurons jetée dans le moulin tout s'arrêtera, tu verras.

Jeanne se laissa ballotter, du sang coulait le long de sa joue. Elle devina, à l'inclinaison de son corps, que les deux cousins descendaient l'escalier menant aux caves.

« Il faut que je réagisse ! » songea-t-elle, hélas son esprit paraissait dissocié de ses membres.

— C'est bientôt l'heure de l'anniversaire ! se lamenta Juvia. Il faut qu'elle meure. Il le faut... Je ne veux pas être dépecée pour expier la faute de Van Karkersh !

— Tais-toi ! rugit le sculpteur. Attention à la pente...

Les sonorités avaient pris de l'ampleur. Jeanne comprit qu'elle approchait de la crypte. L'odeur de moisissure et de craie se faisait plus forte. Dans le lointain, on entendait tourner la meule.

Jeanne rassembla toutes ses forces et rua des deux pieds, touchant Ivany au bas-ventre. Le sculpteur hurla et tomba à la renverse. Juvia, déséquilibrée, bascula sur la pente pulvérulente, soulevant un nuage de craie. Jeanne chuta lourdement, et, sans attendre, entreprit de remonter à quatre pattes en direction des caves.

La main de la masseuse se referma sur sa cheville. De son pied libre, Jeanne la frappa en plein visage. La grande femme blonde cria et relâcha son étreinte.

Pataugeant dans la poussière, Jeanne gravit le pan

incliné de la galerie. Le bruit du moulin emplissait le tunnel. Aveuglée par le sang et la craie, la jeune femme tituba dans le labyrinthe des cryptes.

Soudain le plafond creva dans un jaillissement de gravats, et l'une des statues du hall vint s'écraser à deux mètres de la fuyarde. C'était un Apollon à la tête hydrocéphale, qui éclata en touchant le sol. Jeanne le contourna, le cœur battant.

Trébuchant sur chaque marche elle émergea dans le hall. Ivany et Juvia vociféraient quelque part derrière elle.

Jeanne s'immobilisa, la bave aux lèvres. L'ascenseur éventré ne lui offrait plus aucun refuge. Le hall n'était plus qu'un champ de bataille parsemé de cratères...

Elle se lança à l'assaut de l'escalier.

— L'heure ! hurlait Juvia, Ivany ! *C'est bientôt l'heure !*

Jeanne s'affala sur le palier du troisième, au milieu des lattes de parquet disloquées.

Alors qu'elle se relevait, un pas lourd lui parvint, de l'étage supérieur...

Quelque chose descendait. Quelque chose dont la démarche ébranlait toute la cage d'escalier. *Bou-ou-oum.*

Il lui sembla entrapercevoir une ombre se cassant sur les marches. Une ombre massive... Mais rien de plus. *Bou-ou-oum.*

Comme une folle, elle se dressa. L'une des portes palières béait, sortie de son cadre. Elle la poussa, se jetant dans un appartement désert qui sentait le renfermé. Pesant de l'épaule elle ferma le battant et lutta pour enclencher la chaîne de sûreté. C'était dérisoire, mais elle ne réfléchissait plus.

Bou-ou-oum... La triple trépidation ébranla le palier. Toute proche.

Jeanne se plaqua contre la porte, manœuvrant la molette d'un gros verrou. Il y eut un choc terrible, et une vague douloureuse lui déchira le bas du corps.

Elle se rejeta en arrière, la bouche tordue par la souffrance.

Trois index de marbre avaient transpercé le battant contre lequel elle était plaquée une seconde plus tôt. Trois doigts de pierre qui avaient fait éclater le panneau avant de se ficher dans la chair de ses cuisses, telles les pointes d'un trident.

Jeanne vacilla. Le visage déformé par l'épouvante. Du sang coulait le long de ses jambes.

Les index disparurent dans un raclement terrible. Il y eut une seconde de silence, puis les doigts des trois scribes infernaux percèrent une nouvelle fois le bois, faisant voler un nuage d'échardes.

« Elles sont là ! se dit Jeanne. Là, de l'autre côté de la porte ! Elles vont défoncer le panneau... Ce n'est qu'une question de minutes. C'est fini. Elles sont là. Les sœurs Corelli. Elles viennent écrire sur ma peau ! »

Une horloge retentit à l'étage du dessous, vomissant sa cacophonie de cuivre.

— C'est l'heure ! sanglota Juvia. Non, Ivany ! Il ne faut pas monter ! C'est trop tard, elle est toujours vivante...

Les doigts de pierre disparurent et le pas malhabile retentit, ébranlant le palier : *Bou-ou-oum*...

« Elles descendent constata Jeanne, elles descendent ! »

L'instant d'après le hurlement de Juvia lui déchira la tête.

Rien qu'un au revoir

Elle resta longtemps agenouillée derrière la porte trouée, comprimant les blessures de ses cuisses par où fuyait son sang.

Après le hurlement de Juvia, le silence était retombé sur l'immeuble. On n'entendait ni grincement ni écho d'aucune sorte. Les neuf coups de la pendule avaient arrêté la machinerie de la malédiction. Même le brouillard avait disparu, et les fenêtres avaient retrouvé leur transparence.

Jeanne releva sa robe pour examiner ses blessures. Curieusement, les trous qui perçaient sa peau semblaient déjà moins importants. La douleur se faisait plus sourde, et le saignement s'était arrêté. Jeanne s'assit sur le carrelage fixant la porte aux impacts auréolés d'échardes. Persuadée que, d'une seconde à l'autre, le pas lourd des naines allait de nouveau se faire entendre, mais le silence demeurait compact. Rassurant.

« Ce n'est pas fini ! pensa-t-elle, ça ne peut pas être fini. Ce serait trop beau ! »

Elle se leva en boitillant, ouvrit l'une des fenêtres.

Aucun mur invisible ne la repoussa à l'intérieur. Elle aurait pu sauter dans la rue si elle l'avait désiré. La maison Van Karkersh s'était rendormie pour un an.

Elle retourna s'asseoir sur le parquet, le dos calé contre le mur, et s'assoupit.

Quand elle s'ébroua, rien n'avait changé. Elle ne pouvait pas passer le reste de sa vie à attendre derrière une porte trouée, il lui fallait prendre une décision.

Elle s'approcha du battant, fit tourner le verrou, ôta la chaîne de sécurité.

« Mon Dieu, pensa-t-elle, je vais ouvrir et *Elles* seront là ! Sur le seuil. Le doigt pointé vers moi. *Elles...* »

Pour exorciser sa peur elle ouvrit la porte d'un mouvement brusque.

Le palier était vide.

Elle passa la tête dans l'ouverture, risqua un coup d'œil à droite, un coup d'œil à gauche...

Rien.

Jeanne descendit les premières marches sur la pointe des pieds.

Arrivée au sommet de la dernière volée surplombant le rez-de-chaussée, elle perçut un frottement, et toute sa chair se hérissa. Elle faillit remonter en courant, puis quelqu'un se racla la gorge et elle identifia le timbre de Tienko.

Le concierge nettoyait le dallage à l'aide d'un balai-brosse et d'une serpillière.

Derrière lui, le hall était intact.

Jeanne en resta muette de stupéfaction. Les colonnes avaient repris leur taille normale, les statues ne présentaient aucune difformité. Les dalles s'alignaient en un tracé impeccable. Le tunnel en ruine qu'elle avait traversé quelques heures auparavant avait retrouvé sa belle ordonnance bourgeoise. Seul le désordre des statues s'était accru. Mais elle n'en aurait pas juré.

Bouche bée, elle fit trois pas. Il ne manquait pas un carreau au vitrail. Les lézardes béantes s'étaient réduites à de fines ridules courant à la surface du plâtre. Tienko se figea, le balai à la main. Il avait l'air fatigué.

— Ah ! souffla-t-il, vous êtes là. Vous avez eu de la chance.

— Le hall, balbutia Jeanne, il était...

— Ça suffit, trancha le concierge. Le dernier coup sonné on n'évoque plus ces choses-là. C'est fini pour un an.

Et il se remit à lessiver les dalles.

Baissant les yeux, Jeanne vit alors que l'eau du seau était rouge, et, que dans les interstices des dalles, moussait un liquide brunâtre déjà épaissi.

— Qu'est-ce que c'est ? bégaya-t-elle, bien qu'elle connût déjà la réponse.

Tienko releva la tête. Un affreux sourire sabrait son visage.

— C'est Juvia, chuchota-t-il, vous le savez bien. Vous ne l'avez pas entendue crier quand a sonné le neuvième coup ?

— Mais pourquoi ?

— À cause de vous, ma chère. Vous vous déro-
biez et il fallait une victime.

— Qu'est-ce qu'*Elles* lui ont fait ?

— *Elles* l'ont démembrée, chuinta le concierge,
pour lui faire payer la trahison de Van Karkersh.
C'est la règle du jeu. Je suppose qu'*Elles* ont ensuite
jeté les morceaux sous la meule. Maintenant tout
dort à nouveau. Tout est tranquille.

Jeanne fixait l'eau rougie qui clapotait dans le
récipient cabossé. Tienko effaçait le carnage, en
concierge méticuleux, comme si tout cela n'était
qu'un accident de parcours.

— Et Ivany ? demanda-t-elle, la gorge nouée.

— Il vous attend chez lui, répondit Tienko.

— Il m'attend ?

— Bien sûr, fit le gardien d'un ton condescen-
dant. Vous pouvez prendre la place de Juvia maintenant ! Son appartement est libre. Ivany est
d'accord.

Jeanne eut un haut-le-corps.

— Vous êtes fou ! glapit-elle. Vous êtes tous
fous ! Il croit que je vais devenir sa complice ? Que
je le laisserai attirer d'autres modèles ? Mais pourquoi fait-il cela, où est son intérêt ?

— Il doit coopérer pour effacer la trahison de son
arrière-grand-père. En laissant Juvia mourir à votre
place vous êtes devenue sa partenaire. Vous ne pouvez pas faire autrement.

— Assez ! hurla Jeanne, et elle écarta le vieillard
d'un revers de bras.

Elle courut vers la porte de la rue. Tienko la poursuivit en claudiquant.

— Ça ne sert à rien ! ricana-t-il, vous serez forcée de revenir. Dans un mois ou dans six... Mais vous reviendrez. Un soir vous toquerez au carreau de la loge, et je vous dirai : « Bonjour, mademoiselle Jeanne, M. Ivany vous attend ! »

Jeanne se cramponna à la poignée de cuivre, tira. Le battant pivota, dévoilant le triste paysage de l'impasse Verneuve. Elle allait sortir de ce cloaque. S'échapper... et ne plus revenir, jamais !

Tienko s'agrippa à sa manche.

— Je ne dis pas ça pour vous faire peur, murmura-t-il. On me laisse là pour expliquer la règle du jeu, c'est tout.

— *On* ?

— *Elles*, si vous préférez.

Jeanne frissonna. D'un saut elle fut dans la rue. Les pavés sonnèrent délicieusement sous ses semelles.

— Vous verrez, grasseya Tienko dans l'entrebâillement de la porte. *Elles vous ont touchée*. Elles ont apposé leur marque sur votre chair. Vous portez leur sceau. À jamais !

— C'est de la folie, gémit Jeanne, de la folie.

Tienko referma le battant.

— À bientôt, chuinta-t-il une dernière fois.

La porte claqua avec un bruit de coffre-fort. Jeanne boitilla pour sortir de l'impasse. L'odeur des pots d'échappement lui parut délicieuse.

Elle erra longtemps. Ses vêtements déchirés faisaient se retourner les badauds.

Blessée, malade, sans argent, elle était revenue à la case départ. Pourtant la ville lui semblait étrangère, factice. Les voitures, les maisons, les magasins lui paraissaient aussi artificiels qu'un décor de théâtre.

Une pensée idiote lui traversa l'esprit : « Je ne pourrai plus jamais me réhabituer ! Plus jamais. »

Avait-elle vraiment subi tout ce qu'elle avait cru vivre entre les murs de la maison diabolique ?

Le hall détruit ? Une illusion due à une ingestion d'hallucinogène. Les trois sœurs, les gnomes ? Après tout elle ne les avait jamais vus se déplacer ! Elle n'avait entendu que des bruits... *Des bruits.* Quant au sang sur les dalles, ce pouvait être celui d'un chien ou d'un chat... Et d'ailleurs, était-ce bien du sang ?

Elle s'assit sur un banc. Une vitrine lui renvoya son reflet. L'image d'une femme qui vient d'échapper à un bombardement. Elle eut peur qu'une patrouille de police la ramasse et l'emmène dans un asile pour sans-abri. Elle se remit en marche.

Subitement, elle se souvint du libraire consulté quelques jours auparavant. Celui qui l'avait mise en garde.

L'homme au chat. Comment s'appelait-il ?

Arsène... Arsène Bornemanches ! Elle allait tout lui raconter ! Il était le seul dans cette ville susceptible d'écouter son histoire sans appeler une ambulance. Oui ! Elle lui dirait tout !

216

Elle mit longtemps à retrouver le chemin de la librairie.

Rien n'avait changé. Le chat dormait toujours, vautré sur les grimoires. Le vieux semblait assoupi entre sa Thermos et une pile de manuscrits.

Jeanne poussa la porte et s'immobilisa sur le seuil. Le libraire releva la tête, la dévisagea et blêmit.

— *Tes yeux,* petite, souffla-t-il, tu as les yeux de quelqu'un qui a regardé ce qu'aucun être humain ne devrait jamais contempler. D'où viens-tu ?

— D'une fête d'anniversaire. Celle de Grégori Van Karkersh...

— Assieds-toi.

Les mains tremblantes il poussa une chaise de paille vers la jeune femme et déboucha sa Thermos de thé bouillant.

— Ne dis rien maintenant, fit-il d'un ton dur, plus tard peut-être. Réfléchis bien. Si je t'écoute, ce sera comme si l'on ajoutait un maillon sur la chaîne des malheureux contaminés par cette maison.

— Vous n'avez pas envie que je vous raconte ? s'étonna la jeune femme.

— Oh ! si, soupira le vieillard en se passant la main sur le visage. Oh ! si, hélas...

Le gobelet de thé tremblait entre ses doigts. Dans la vitrine le chat feula en labourant un *in-quarto.*

Bonsoir, mademoiselle...

Mais Jeanne ne parla pas, ni ce soir-là, ni le lendemain, ni les autres jours...

Le libraire lui avait dressé un lit de camp dans une chambre minuscule et sale, au-dessus de la boutique. Il ne lui demandait rien, ne lui posait pas de questions, il la regardait comme on contemple l'unique rescapé d'une grande catastrophe. Avec une gourmandise apeurée au fond des yeux.

Jeanne dormait beaucoup. L'après-midi, elle descendait au magasin et s'asseyait en face du vieillard, les mains sur les genoux. Ils restaient là, silencieux, abîmés chacun dans ses pensées. La jeune femme se sentait de plus en plus étrangère au monde dans lequel elle se mouvait.

La fascination qu'elle exerçait sur le vieillard la gênait. Le chat, lui, ne l'aimait pas. Si elle essayait de le caresser, il crachait en montrant les crocs.

Une semaine s'écoula ainsi, une semaine d'une convalescence ouatée.

À plusieurs reprises, Jeanne ouvrit la bouche pour raconter ce qu'elle avait vécu dans l'enfer de la maison Van Karkersh, mais chaque fois les mots restèrent bloqués au fond de sa gorge.

Le libraire toussotait, gêné, et détournait les yeux.

« J'oublierai, se répétait la jeune femme, un jour j'oublierai... »

Un soir, alors que Bornemanches époussetait une édition *princeps*, elle lâcha tout à trac :

— Il ne s'est rien passé. Rien. J'en suis sûre maintenant. Ce n'était qu'une suite d'hallucinations dues à la drogue. À mon réveil, la maison était intacte, c'est bien la preuve que j'ai tout imaginé. J'ai eu une crise de démence passagère, provoquée par l'ingestion d'un hallucinogène, c'est tout. Ivany et Juvia se sont servis de moi. C'est un peu ma faute, je n'avais qu'à ficher le camp dès que les choses ont viré au glauque. Je suppose que j'ai dû faire les frais d'une messe noire bidon. Ils m'ont probablement fait passer pour une sorcière en transe ou je ne sais quelle connerie du même style.

Bornemanches leva une paupière épaisse, ourlée de cils blancs.

— Tu sais bien que c'est faux, dit-il d'une voix rauque. Il y a sur toi comme l'odeur d'un fauve extrêmement dangereux que tu aurais approché de trop près. Une odeur qu'aucun bain, qu'aucune lotion n'effacera jamais. C'est ce qui effraie le chat. Et qui m'effraie, moi aussi... Quand je te regarde, j'ai peur et je t'envie tout à la fois. Tu as traversé le miroir mais ton ombre ne t'appartient plus. C'est celle de quelqu'un d'autre. Quelqu'un qui colle à tes talons et te surveille comme une proie. Je ne te chasserai pas, mais je serai soulagé le jour où tu partiras. Ne parle pas, ne dis rien. Garde ton secret. Je t'ai vue, cela me suffit. Je sais maintenant que je n'ai pas couru toute ma vie après des chimères. Les ténèbres existent, et elles t'ont touchée. Dieu me préserve d'un tel baptême.

Cette déclaration achevée il n'ouvrit plus jamais la bouche.

Le mardi de la seconde semaine, le chat griffa Jeanne à la main. Le soir même, elle rêva d'Hortense et des bouchers en deuil.

Lorsqu'elle se réveilla elle saignait des chevilles et des poignets.

Elle quitta le magasin sans chercher à saluer Bornemanches. Elle pensa qu'il lui en saurait gré.

Il pleuvait.

Au bout du passage Verneuve elle sonna. Tienko vint lui ouvrir.

— Bonjour, mademoiselle Jeanne, dit-il en souriant, M. Ivany vous attend.

Le Syndrome du scaphandrier
Boulevard des banquises

Flammarion :

Le Livre du grand secret
Dernières lueurs avant la nuit

J'ai lu :

Le Livre du grand secret

Librio :

Soleil de soufre

Composition réalisée par JOUVE

IMPRIMÉ EN ESPAGNE PAR LIBERDÚPLEX
Barcelone
Dépôt légal éditeur. : 58319 - 05/2005
Édition 02
LIBRAIRIE GÉNÉRALE FRANÇAISE - 31, rue de Fleurus - 75278 Paris Cedex 06

ISBN : 2 - 253 - 09913 - 9   ❖ 30/1916/3